QUERIDA KONBINI

Sayaka Murata

QUERIDA KONBINI

Tradução do japonês
Rita Kohl

6ª edição

Estação Liberdade

Título original: *Konbini Ningen* (コンビニ人間)
© Sayaka Murata, 2016.
Todos os direitos reservados.
© Editora Estação Liberdade, 2018 e 2019, para esta tradução.
Edição original japonesa publicada por Bungeishunju Ltd., Japão.
Direitos para tradução em língua portuguesa acordados com a Bungeishunju Ltd. através da Japan UNI Agency, Inc. e Seibel Publishing Services Ltd.

PREPARAÇÃO Fábio Fujita
REVISÃO Arlete Sousa, Tomoe Moroizumi e Gabriel Joppert
SUPERVISÃO EDITORIAL Letícia Howes
EDIÇÃO DE ARTE Miguel Simon
PRODUÇÃO Edilberto F. Verza
DIREÇÃO EDITORIAL Angel Bojadsen

A EDIÇÃO DESTA OBRA CONTOU COM SUBSÍDIO DO PROGRAMA
DE APOIO À TRADUÇÃO E PUBLICAÇÃO DA FUNDAÇÃO JAPÃO

CIP-BRASIL. CATALOGAÇÃO NA PUBLICAÇÃO
SINDICATO NACIONAL DOS EDITORES DE LIVROS, RJ

M947q

    Murata, Sayaka, 1979-
        Querida konbini / Sayaka Murata ; tradução Rita Kohl. - São Paulo : Estação Liberdade, 2019.
        152 p. ; 21 cm.

        Tradução de: Konbini Ningen
        ISBN 978-85-7448-295-8

        1. Romance japonês. I. Kohl, Rita. II. Título.

19-56620   CDD: 895.63
                                         CDU: 82-31(52)

Vanessa Mafra Xavier Salgado - Bibliotecária - CRB-7/6644

23/04/2019   24/04/2019

Nenhuma parte da obra pode ser reproduzida, adaptada, multiplicada ou divulgada de nenhuma forma (em particular por meios de reprografia ou processos digitais) sem autorização expressa da editora, e em virtude da legislação em vigor.

Esta publicação segue as normas do Acordo Ortográfico da Língua Portuguesa, Decreto nº 6.583, de 29 de setembro de 2008.

EDITORA ESTAÇÃO LIBERDADE LTDA.
Rua Dona Elisa, 116 — Barra Funda — 01155-030
São Paulo – SP — Tel.: (11) 3660 3180
www.estacaoliberdade.com.br

コンビニ人間

A konbini — a loja de conveniência — é repleta de sons. O sino que toca quando um cliente entra e a voz de uma atriz famosa anunciando novos produtos na rede interna de rádio. Os cumprimentos dos funcionários e o apito do leitor de códigos de barras. Um produto que cai na cesta de compras, a mão que aperta uma embalagem plástica, os saltos dos sapatos caminhando pela loja. Tudo isso forma o "som da konbini", que agita meus tímpanos incessantemente.

Alguém pega uma garrafa da geladeira e, com um pequeno ruído — *krrrr* —, a esteira põe outra garrafa no lugar. Levanto o rosto. Geralmente, os clientes pegam as bebidas geladas por último e se dirigem ao caixa, então meu corpo reage sozinho ao ouvir esse som. A cliente que pegou uma água mineral gelada ainda não foi para o caixa, está escolhendo uma sobremesa. Volto a baixar o olhar para as minhas mãos. Enquanto capto os incontáveis sons espalhados pela loja de conveniência e registro suas informações, meu corpo organiza na prateleira os oniguiris[1] que acabaram de ser entregues. Eles são os itens mais vendidos durante esta parte da manhã,

---

1. Bolinho triangular feito de arroz branco japonês, contendo uma pequena porção de peixe, picles ou outros recheios, envolto em uma folha de alga *nori*. [N.T.]

junto com sanduíches e saladas. Do outro lado da loja, outra funcionária temporária, Sugawara, inspeciona os produtos com um pequeno escâner. Sigo organizando metodicamente os oniguiris assépticos, preparados por máquinas. No centro, coloco duas fileiras do lançamento desta estação, recheado de ovas e queijo. Depois, duas fileiras dos de atum com maionese, os mais populares da casa, e, na extremidade, os de flocos de peixe bonito, que não vendem muito. Praticamente não uso a cabeça. Nessa função, o mais importante é a velocidade, e meus músculos apenas obedecem às regras já gravadas dentro de mim.

Ouço um leve ruído de moedas — *tlim!* — e meus olhos se voltam em direção ao caixa. Sou bastante sensível a esse som, pois quando os clientes tilintam moedas, na palma da mão ou no bolso, em geral é um sinal de que estão com pressa e só querem comprar rapidamente um cigarro ou um jornal. De fato, um homem caminhava em direção ao caixa, com uma mão no bolso e a outra segurando um café em lata. Atravesso a konbini num instante, deslizo para a área do caixa e o cumprimento antes que ele precise esperar.

— *Irasshaimasê*, bom dia!

Com um cumprimento discreto, recebo a lata de café que ele entrega.

— Vê para mim um maço do cigarro número 5, também.

— Pois não.

Pego imediatamente um Marlboro Light Mentol, exposto na prateleira com o número 5, e escaneio seu código de barras.

— Por gentileza, confirme sua idade na tela.

Enquanto o homem toca a tela para assegurar que é maior de idade, noto que seus olhos se movem para a vitrine de fast-food e interrompo meus gestos. Uma opção neste momento seria perguntar se ele deseja mais alguma coisa, mas quando um cliente está considerando se compra ou não algum produto, prefiro aguardar sua decisão.

— E uma salsicha empanada.

— Pois não, senhor, só um instante.

Esterilizo as mãos com álcool, abro a vitrine e embrulho uma salsicha empanada.

— Coloco a bebida gelada e o lanche quente em sacolas separadas, senhor?

— Não, não. Pode botar tudo junto.

Sem demora, acondiciono o café em lata, os cigarros e o salgado em uma sacola plástica tamanho P. O homem, que mexia nas moedas dentro do bolso, parece se lembrar de alguma coisa e leva a mão ao bolso da camisa. Por esse gesto, já concluo que ele irá pagar com cartão.

— Vou pagar com o cartão Suica.

— Claro. Encoste o cartão no leitor, por gentileza.

Meu corpo se move por reflexo, lendo cada pequeno movimento e olhar dos clientes. Meus olhos e ouvidos são sensores indispensáveis para assimilar cada gesto e cada intenção. Ajo de acordo com as informações captadas, sem hesitar, sempre tomando cuidado para não encarar demais o cliente e deixá-lo desconfortável.

— Seu recibo. Volte sempre!

O homem pega o recibo com um breve aceno de cabeça e sai da loja.

— *Irasshaimasê!* Bom dia, desculpe a demora!

Cumprimento a cliente seguinte, que aguardava na fila. Sinto a manhã fluindo normalmente dentro da pequena caixa iluminada que é a loja.

Do lado de fora dos vidros perfeitamente polidos, sem uma única marca de dedo, vejo as pessoas caminhando às pressas. Mais um dia começa. É a hora em que o mundo desperta e todas as suas engrenagens se põem a girar. Também estou em movimento, como uma dessas engrenagens. Sou uma peça no mecanismo do mundo, rodando dentro da manhã.

Estou prestes a voltar à organização dos oniguiris quando Izumi, a líder dos funcionários temporários, me chama.

— Furukura, há notas de cinco mil aí no caixa?

— Só duas.

— Puxa, que coisa! Hoje todo mundo resolveu usar notas de dez mil... Talvez seja melhor eu ir trocar dinheiro, depois que o pico da manhã acalmar e as entregas acabarem.

— Seria ótimo!

Ultimamente está faltando mão de obra durante a noite, então o gerente tem vindo no turno da madrugada. Durante o dia é Izumi quem cuida da loja, como se fosse uma empregada efetiva da empresa. Ela é uma mulher da minha idade que trabalha como temporária para complementar a renda do marido.

— Então acho que vou ao banco lá pelas dez! Ah, mais uma coisa. Hoje vai chegar uma encomenda de *inari sushi*, atenda o cliente quando ele vier retirar, por favor.

— Pode deixar!

Olho o relógio. São nove e meia. Em breve a hora mais movimentada da manhã vai terminar. Será o momento de organizar rapidamente os produtos que acabaram de chegar e preparar a konbini para o horário de pico do almoço.

Não me lembro com clareza de como era minha vida antes de eu *renascer* como funcionária da loja de conveniência.

Nasci em uma família comum, numa área residencial dos subúrbios, e cresci cercada de amor como qualquer criança. Porém, as pessoas costumavam me achar estranha.

Certa vez, por exemplo, quando estava no jardim de infância, encontramos um passarinho morto no parque. Era um lindo pássaro azul, provavelmente fugido de alguma gaiola, e estava caído no chão com o pescoço retorcido. As outras crianças choravam ao seu redor. Enquanto uma menina murmurava "Oh, e agora, o que vamos fazer?", eu rapidamente peguei o passarinho do chão e o levei até minha mãe, que estava de conversa, sentada em um banco.

— O que foi, Keiko? Puxa, um passarinho! De onde será que ele veio? Coitadinho... Vamos fazer uma sepultura para o senhor passarinho, Keiko? — disse ela com voz gentil, afagando minha cabeça.

— Vamos comer isto aqui! — eu disse.

— Quê?

— Vamos levar para casa e comer hoje à noite. Podemos fazer espetinho, como o papai gosta — achei que ela não tinha me ouvido direito, então expliquei pronunciando claramente as palavras.

Minha mãe se encolheu assustada. A mãe de outra criança, sentada ao seu lado, também deve ter ficado em choque, pois seus olhos, narinas e boca se escancararam todos de uma vez. Era uma expressão muito engraçada e eu quase ri. Mas ao notar que ela também olhava para o passarinho na palma da minha mão, pensei que talvez um só não fosse suficiente.

— É melhor a gente pegar mais alguns? — perguntei, lançando um olhar para dois ou três pardais que ciscavam ali por perto.

— Keiko! — minha mãe voltou a si e me censurou com um grito nervoso. — Temos que fazer uma sepultura para o pobrezinho. Olha só, todo mundo está chorando, estão todos tristes porque o amiguinho morreu. Que peninha dele, não é?

— Mas por quê? Ele já morreu, mesmo! É melhor aproveitarmos.

Minha mãe ficou sem palavras.

Na minha mente eu via meu pai, minha mãe e minha irmã, que ainda era pequena, comendo alegremente o passarinho. Meu pai gostava de espetinho, eu e minha mãe gostávamos de frango frito... Havia tantos passarinhos naquele parque, a gente podia levar um monte! Eu não entendia o propósito de enterrar o bicho em vez de o comermos.

— Olha só, Keiko, ele é tão pequeno e bonitinho! Vamos fazer uma sepultura para ele e enfeitar com flores, tá? — insistiu minha mãe.

No fim das contas, foi isso o que aconteceu, mas para mim não fazia sentido algum.

— Coitado do passarinho, que judiação! — repetiam todos, aos prantos, enquanto matavam flores partindo seus caules.

— Que flores lindas, o passarinho vai ficar muito contente!

Para mim, pareciam loucos.

Abriram um buraco no chão de um canteiro cercado, onde uma placa indicava "Não pise a grama", enterraram o passarinho, fizeram uma lápide improvisada com palitos de sorvete tirados de uma lata de lixo e empilharam os cadáveres das flores por cima da cova.

— Olha só, Keiko, que triste! Coitadinho dele, não é? — sussurrava minha mãe, tentando me convencer. Eu continuava achando aquilo incompreensível.

Esse tipo de coisa aconteceu muitas vezes. Certo dia, pouco depois de eu começar a escola primária, dois meninos se engalfinharam em uma briga, criando um grande tumulto.

— Chamem a professora!

— Alguém precisa parar esses dois! — exclamaram os colegas.

Ok, temos que fazê-los pararem, pensei. Então abri o armário de ferramentas ao meu lado, peguei uma pá, corri até os meninos que brigavam e bati com a pá na cabeça de um deles.

O garoto levou as mãos à cabeça e desabou no chão, enquanto gritos desesperados soaram ao meu redor. Ao ver que ele estava imóvel, ainda com as mãos na cabeça, ergui novamente a pá na direção do outro menino, para que ele também parasse de se mover.

— Não, Keiko! Não faz isso! — berraram, chorando, as outras meninas.

Os professores chegaram correndo e, ao se depararem com aquela cena, me exigiram uma explicação.

— Disseram que alguém tinha que parar os meninos, então fiz isso do jeito que me pareceu mais rápido.

Os professores ficaram desorientados e balbuciaram alguma coisa sobre como era feio bater nos colegas.

— Mas todo mundo falou que era preciso pará-los! Pensei que, assim, Yamazaki e Aoki parariam. Só isso.

Expliquei direitinho e não entendi por que eles estavam tão bravos, mas no fim minha mãe foi chamada para uma reunião extraordinária de professores.

Ao ver que ela se curvava e pedia desculpas para todos, com uma expressão consternada, percebi que eu havia feito alguma coisa errada, mas não sabia o quê.

A mesma coisa aconteceu quando, no meio de uma aula, a professora teve uma crise histérica, começou a gritar e bater uma pasta contra a mesa, e a turma toda desandou em prantos.

— Desculpa, professora!
— Para com isso, professora!

Vi que não estava adiantando, por mais que todos implorassem para que ela parasse, então achei melhor fazê-la se calar. Fui até sua mesa e puxei até o chão, num só gesto, sua saia e sua calcinha. A jovem professora ficou atônita, parou com os gritos e começou a chorar silenciosamente.

O professor da sala ao lado veio correndo e perguntou o que havia acontecido. Quando expliquei que tinha visto num filme uma cena em que tiravam a roupa de uma mulher e ela ficava quieta, isso resultou em mais uma reunião extraordinária de professores.

No caminho para casa, depois dessa reunião, minha mãe murmurou desanimada "por que será que você não entende essas coisas, Keiko?", e me abraçou. Pelo jeito, outra vez eu tinha feito algo errado, mas não entendia a razão.

Não era minha intenção deixar meu pai e minha mãe confusos ou aflitos, nem obrigá-los a se desculpar para várias pessoas, então decidi que, fora de casa, falaria o mínimo possível. Resolvi deixar de fazer qualquer coisa por iniciativa própria e apenas imitar o que todo mundo fazia, ou obedecer às ordens de alguém.

Quando parei de falar o que quer que fosse além do estritamente necessário e de agir de forma espontânea, os adultos pareceram aliviados.

Nos últimos anos do primário, o próprio fato de eu ser tão quieta começou a se tornar um problema, porém ficar calada continuava sendo a melhor opção, a solução mais racional para que eu pudesse levar a vida. Assim, por mais que os professores escrevessem em meu boletim coisas como "tente fazer mais amigos e brincar lá fora, se divirta um pouco!", eu permanecia firme no meu plano de não dizer nada que não fosse imprescindível.

Em oposição, minha irmã, dois anos mais nova, era uma criança "normal". Apesar disso, ela não me evitava e chegava até a me admirar. Às vezes, quando minha mãe estava dando uma bronca nela — por algum motivo ordinário, diferente do que acontecia comigo —, eu me aproximava e perguntava à minha mãe por que ela estava brava. Essas minhas perguntas geralmente interrompiam os sermões e minha irmã me agradecia, pensando que eu fizera isso para defendê-la. Além disso, ela vivia atrás de mim porque, como nunca tive muito interesse em doces ou brinquedos, costumava dar os meus a ela.

Minha família me amava e se importava comigo. Justamente por isso, viviam preocupados.

— O que será que a gente precisa fazer para "curar" Keiko?

Lembro-me de ouvir meus pais conversando sobre isso e perceber que, aparentemente, havia algo em mim que precisava ser corrigido. Certa vez, me levaram de carro para ver um terapeuta, longe de casa. A primeira hipótese que ele levantou foi que houvesse algum problema na família. Mas meu pai era um bancário tranquilo e dedicado, minha mãe, carinhosa, apesar de um pouco tímida, e minha irmã era bastante apegada a mim. No fim das contas, meus pais saíram apenas com a recomendação inútil de me tratar com muito afeto e manter o caso em observação. De todo modo, continuaram me amando e cuidando bem de mim.

Não fiz amigos na escola, mas também não cheguei a sofrer *bullying*, e consegui passar pelo primário e pelo ginasial sem dizer mais nada indevido.

Continuei assim mesmo depois de me formar no ensino médio e entrar na faculdade. Passava praticamente todo meu tempo livre sozinha e quase não tinha conversas particulares. Meus pais se preocupavam comigo, pois ainda que eu não causasse mais tumultos como os do começo do primário, decerto acreditavam que eu não conseguiria me inserir na sociedade daquele jeito. Assim, sempre pensando que precisava me curar, fui me tornando adulta.

A filial da konbini Smile Mart da estação de Hiiromachi foi inaugurada no dia 1º de maio de 1998, quando eu estava no primeiro ano da faculdade.

Lembro-me muito bem do dia em que encontrei essa loja, antes mesmo de sua inauguração. Recém-ingressada na faculdade, eu estava voltando de uma peça de teatro nô a que fora assistir como atividade extracurricular. Voltava sozinha, já que não tinha amigos, e devia ter errado alguma rua, pois de repente me vi perdida em um bairro empresarial desconhecido.

Quando dei por mim, não havia uma vivalma ao meu redor. As ruas, cheias de belos prédios brancos, tinham um ar artificial como se tivessem saído diretamente de uma maquete arquitetônica.

Parecia uma cidade fantasma, um mundo só de edifícios. Naquela tarde de domingo, eu era a única pessoa ali.

Tive a impressão de que eu havia ido parar em um universo paralelo e apressei o passo em busca de uma estação. Finalmente, enxerguei ao longe uma placa com o símbolo do metrô e corri em sua direção. Ao chegar lá, me deparei com um edifício comercial todo branco, cujo andar térreo era um grande aquário transparente.

Não havia nenhum letreiro nesse aquário, apenas um pôster grudado no vidro transparente: "Em breve, inauguração da Smile Mart da estação de Hiiromachi! Estamos contratando!" Espiei lá dentro. Ainda estava em obras, com lonas cobrindo partes das paredes. Havia apenas algumas estantes vazias enfileiradas no centro da sala. Achei inacreditável que esse lugar tão completamente deserto pudesse se transformar em uma konbini.

O dinheiro que eu recebia de casa era suficiente para me manter, mas a ideia de ter um trabalho de meio período me atraía. Anotei o telefone informado no pôster antes de voltar para casa e liguei no dia seguinte. Fiz uma breve entrevista e já estava contratada.

O treinamento começou na semana seguinte. Fui me apresentar no horário indicado e encontrei o local com um aspecto mais parecido ao de loja de conveniência do que antes. As prateleiras de artigos não perecíveis já estavam arrumadas, com alguns produtos devidamente dispostos, como itens de papelaria ou lenços de pano.

Dentro da konbini estavam reunidos os outros empregados temporários, contratados por hora como eu. Eram cerca de quinze pessoas, com roupas e idades diversas — outras meninas estudantes, jovens com pinta de desempregados, mulheres um pouco mais velhas com jeito de donas de casa —, perambulando desconfortáveis pela loja.

Finalmente, o instrutor chegou e distribuiu uniformes para todos. Nós os vestimos e nos arrumamos de acordo com o pôster que indicava os padrões de vestimenta. As mulheres de cabelo comprido tiveram de prendê-lo, todos tiraram os relógios e acessórios, e formamos uma fila. Então, todas aquelas pessoas desconexas se tornavam, subitamente, Funcionários.

A primeira coisa que praticamos foram as expressões faciais e as frases de saudação. Diante de um pôster de uma pessoa sorrindo, todos nós erguemos os cantos da boca imitando a imagem, aprumamos a postura e, lado a lado, exclamamos um depois do outro:

— *Irasshaimasê!*

O instrutor, um encarregado efetivo enviado pela companhia, passava checando cada um e ordenando "Mais uma vez!", quando achava que alguém tinha a voz muito baixa ou um sorriso desajeitado.

— Okamoto, não tenha vergonha, pode abrir mais esse sorriso! Aizaki, fale mais alto! Ok, mais uma vez! Muito bem, Furukura, muito bem! É isso, é exatamente esse o entusiasmo que queremos!

Eu imitava com grande facilidade o vídeo de treinamento a que assistimos na sala dos fundos, ou os gestos que o instrutor nos mostrava. Até então, ninguém jamais havia feito essa gentileza de me explicar claramente: "Este é o jeito normal de sorrir, este é o jeito normal de falar."

Durante as duas semanas até a inauguração da loja, continuamos praticando à exaustão, trabalhando em duplas ou com o instrutor e atendendo clientes imaginários. Sorrir olhando nos olhos dos Senhores Clientes, embrulhar os absorventes higiênicos em pequenas sacolas de papel, separar produtos quentes e gelados em sacolas diferentes, esterilizar as mãos com álcool gel antes de pegar os produtos da vitrine de fast-food... Eu me sentia um pouco como uma criança brincando de lojinha, pois, apesar de haver dinheiro de verdade dentro do caixa para nos acostumarmos com seu manuseio, só atendíamos colegas de uniforme e os recibos eram todos marcados com letras grandes dizendo "treinamento".

Estudantes universitários, garotos que tocavam em bandas, desempregados, donas de casa, alunos do ensino médio noturno. Era divertido assistir enquanto aqueles perfis tão variados vestiam o mesmo uniforme e se tornavam criaturas todas iguais, todos Funcionários. No final de cada dia de treinamento, tiravam o uniforme e voltavam ao estado anterior. Nessa hora, pareciam estar despindo uma criatura e vestindo outra.

Depois de duas semanas de treinamento, enfim chegou o dia da inauguração. Na ocasião, eu estava na konbini desde a manhã. As prateleiras, antes brancas e vazias, agora transbordavam de produtos, enfileirados lado a lado pelos empregados efetivos da rede, todos com uma expressão um tanto artificial.

Tinha chegado a hora, e o encarregado da companhia abriu a porta. *Agora é para valer*, pensei. Não eram mais os clientes hipotéticos que imaginara durante o treinamento, mas clientes de verdade. Eles eram muito diversificados. Como a konbini ficava em um bairro empresarial, eu sempre imaginava apenas clientes de terno ou de uniforme, mas as primeiras pessoas que entraram na loja pareciam ser moradores da região, trazendo nas mãos cupons de desconto que havíamos distribuído pelas ruas. Quem estava na frente era uma senhora de idade. Observei atônita enquanto ela entrava com sua bengala, seguida por uma multidão de clientes, todos trazendo nas mãos os cupons para oniguiris ou bentôs.[2]

— Vamos lá, Furukura, cumprimente os clientes! — encorajou o responsável, me trazendo de volta à realidade.

— *Irasshaimasê!* Hoje temos promoções de inauguração! Aproveitem!

Os anúncios que eu gritava ecoavam de maneira completamente diferente agora que a konbini estava de fato repleta de Senhores Clientes.

Eu não esperava que fossem criaturas tão barulhentas. O eco dos passos, as vozes, o som dos pacotes de salgadinhos lançados dentro das cestas, a porta das geladeiras abrindo e fechando. Fiquei impressionada com o nível de ruído que eles provocavam, mas não me dei por vencida e segui gritando *"irasshaimasê"*.

As pilhas de comidas e doces, arranjadas com tanta precisão que pareciam de mentira, ruíram num instante nas mãos dos Senhores Clientes. Com esses manuseios, a loja ia perdendo seu aspecto artificial e ganhava vida.

A elegante senhora de idade, a primeira pessoa a pisar a konbini, foi também a primeira a se aproximar do caixa para pagar suas compras.

---

2. Espécie de "marmita pronta", muito comercializada em lojas de conveniência japonesas, para refeição rápida. [N.T.]

Em pé do lado de dentro do balcão, eu repassava na memória o conteúdo do manual. A senhora pôs sua cesta sobre o balcão, contendo um pão doce, um sanduíche e alguns oniguiris.

Sua chegada fez com que todos os funcionários atrás do balcão aprumassem ainda mais a postura. Sentindo o olhar do encarregado sobre mim, sorri para a cliente e a cumprimentei conforme havíamos praticado durante o treinamento.

— *Irasshaimasê!*

Enunciei exatamente no mesmo tom de voz do vídeo a que havia assistido. Peguei a cesta e comecei a passar os códigos de barras pelo leitor, como fizera durante o treinamento. O encarregado me acompanhava, por eu ser iniciante, e ia colocando rapidamente os produtos em uma sacola.

— A que horas vocês abrem, de manhã? — perguntou a senhora.

— Há… Hoje abrimos às dez horas! E agora… Agora vamos ficar sempre abertos!

Eu ainda não sabia responder direito às perguntas que não estavam inclusas no treinamento. O colega ao meu lado se apressou em meu socorro:

— A partir de hoje estaremos abertos vinte e quatro horas por dia, inclusive domingos e feriados! Por favor, venha sempre que precisar!

— Caramba! Ficarão abertos a noite toda e durante a manhã também?

— Sim, senhora! — confirmei.
— Que maravilha! — sorriu ela. — Como vocês podem ver, tenho as costas ruins e caminho com dificuldade, então é muito custoso ir até o mercado...
— Estaremos abertos vinte e quatro horas por dia. Por favor, venha sempre que precisar! — repeti com exatidão as palavras do encarregado.
— Deve ser bem puxado para vocês, estão de parabéns!
— Muito obrigada!
Fiz uma mesura entusiasmada, junto com o encarregado ao meu lado.
— Até logo! — A senhora se afastou sorridente.
O encarregado, que lhe entregara a sacola, exclamou satisfeito:
— Excelente, Furukura, você foi perfeita! Estava bem calma, considerando que é sua primeira vez no caixa. Muito bom, continue assim! Ah, o próximo cliente já chegou!
Vi que outro cliente se aproximava, com uma cesta cheia de oniguiris da promoção.
— *Irasshaimasê!*
Cumprimentei com assertividade, exatamente no mesmo tom anterior, e peguei sua cesta.
Naquele momento, pela primeira vez eu fazia parte do mundo. *Acabo de nascer*, pensei. Sem dúvida, aquele dia marcou meu nascimento como uma peça no mecanismo do mundo.

Às vezes faço as contas, na calculadora, para ver quanto tempo se passou desde então. A filial de Hiiromachi da Smile Mart continua de luzes acesas, sem ter fechado por um dia sequer, e assim chegamos, pela décima nona vez, ao dia 1º de maio. Passaram-se 157.800 horas desde aquela manhã. Eu cheguei aos trinta e seis anos. Como funcionária tenho dezoito anos, a mesma idade que a loja. Todos os temporários com quem fiz o treinamento já saíram, mas eu sigo firme.

Quando comecei a trabalhar na loja, minha família ficou felicíssima.

Ao anunciar que continuaria lá, mesmo depois de terminar a faculdade, eles também me apoiaram. Afinal, aquilo era um grande progresso considerando que antes eu vivia quase sem contato com o mundo.

No primeiro ano da faculdade eu trabalhava quatro vezes por semana, inclusive aos sábados. Agora, trabalho cinco dias por semana. Volto para casa, um pequeno apartamento de menos de quinze metros quadrados, e me deito sobre o futon que está sempre estendido no meio do cômodo.

Aluguei essa quitinete barata quando entrei na faculdade e saí da casa dos meus pais.

Vendo que eu continuava obstinadamente fazendo o mesmo trabalho pago por hora, na mesma loja, minha família foi ficando aflita. Mas aí já era tarde demais.

Nem eu saberia explicar por que precisava ser na loja de conveniência, por que não poderia ter um emprego comum numa empresa. O problema era que, ainda que aquele minucioso manual tivesse possibilitado que eu me tornasse uma Funcionária, longe dele eu continuava não tendo a menor ideia de como agir como um ser humano normal.

Meus pais eram muito pacientes e seguiram me apoiando. Nos meados dos meus vinte anos, comecei a me sentir culpada por permanecer em uma posição temporária e tentei por algum tempo arranjar um emprego de verdade. Mas tendo a konbini como única experiência profissional, eu raramente passava na etapa de seleção de currículos. Mesmo quando conseguia chegar a uma entrevista, nunca sabia explicar direito por que trabalhava havia tantos anos na mesma coisa.

Trabalhar quase todos os dias fazia com que eu sonhasse frequentemente que estava atendendo clientes no caixa. Às vezes acordava num susto, achando que a nova variedade de batatas chips estava sem etiqueta de preço ou que havíamos vendido muitos chás quentes e era preciso repor logo o estoque. Cheguei inclusive a despertar no meio da noite ao som da minha própria voz exclamando "*irasshaimasê*".

Quando não conseguia dormir, pensava naquela caixa envidraçada que continuava, naquele mesmo instante, borbulhando de atividade. Dentro de seu aquário imaculado, a konbini seguia funcionando como o mecanismo de uma máquina. Bastava imaginar essa cena para que os sons da loja agitassem meus tímpanos pelo lado de dentro e me tranquilizassem até eu pegar no sono.

De manhã serei novamente uma Funcionária, uma engrenagem do mundo. Essa era a única coisa que fazia de mim um ser humano normal.

Às oito horas da manhã, passo pela porta da filial de Hiiromachi da rede Smile Mart.

Meu turno só começa às nove, mas chego cedo e tomo café da manhã na sala dos funcionários. Escolho um pão recheado ou um sanduíche cuja data de validade esteja próxima de expirar, compro-o junto com uma garrafa de dois litros de água mineral e faço a primeira refeição do dia na sala nos fundos da loja.

Nessa sala, uma grande tela exibe a imagem das câmeras de segurança. Observo Dat, um jovem vietnamita que acaba de começar no serviço e está muito empenhado, passando os produtos no caixa. O gerente corre de um lado para outro, auxiliando esse funcionário ainda inexperiente. Engulo meu lanche num instante e me preparo para vestir o uniforme e correr para o caixa, se houver necessidade.

Tomo café da manhã sempre assim, na loja. No intervalo de almoço como um oniguiri ou alguma coisa da seção de fast-food e, à noite, se estiver cansada, é comum eu comprar algo para jantar em casa. Bebo cerca de metade da garrafa de dois litros de água durante o expediente, depois a levo para casa em uma *ecobag* e tomo o restante até a hora de dormir. Sabendo que quase todo o meu corpo é composto por comidas e bebidas da konbini, sinto que também sou parte dela, como os produtos de papelaria dispostos nas prateleiras ou a máquina de café.

Depois de terminar a refeição, checo a previsão do tempo ou dou uma olhada nos dados da loja. A previsão do tempo é uma fonte de informação preciosa para uma loja de conveniência. É muito importante saber qual será a variação de temperatura em relação ao dia anterior. Hoje a máxima será de vinte e um graus, mínima de catorze, e o dia deve ficar nublado, com chuvas no começo da noite. Provavelmente a sensação térmica será de mais frio do que a temperatura real.

Nos dias quentes a venda de sanduíches é alta. Nos dias frios saem oniguiris, bolinhos chineses no vapor e pães. As vendas do balcão de fast-food também variam de acordo com a temperatura. Na filial de Hiiromachi, os croquetes vendem muito no frio. Aliás, eles estão em promoção. Faço uma nota mental para me lembrar de fritar boa quantidade deles.

Enquanto passo o tempo fazendo essas coisas, pouco a pouco começam a chegar as pessoas do turno diurno, que trabalham junto comigo a partir das nove.

Logo depois das oito e meia a porta se abre e ouço um "bom diaaa!" um pouco rouco. É Izumi, uma das outras temporárias, que tem também a função de liderar os colegas da categoria. Ela é uma dona de casa de trinta e sete anos, um ano mais velha que eu, um bocado ríspida, porém eficiente e dedicada. Entra na sala com uma roupa um tanto chamativa e para diante do seu armário para trocar os sapatos de salto por tênis.

— Oi, Furukura! Chegou cedo como sempre, hein! Ah, esse aí é aquele pão novo? Que tal? — pergunta ela, ao ver o pão doce de manga com chocolate que tenho nas mãos.

— Achei que o creme tem um gosto um pouco estranho e o cheiro é muito forte, um pouco enjoativo... Não gostei muito!

— Jura? Puxa, o gerente encomendou cem unidades! Temos que tentar vender pelo menos os que já chegaram...

— Sim!

A grande maioria dos temporários pagos por hora são estudantes, então é raro eu trabalhar com alguém da minha faixa etária.

Izumi prende seu cabelo tingido de castanho, veste uma camisa branca sobre a blusa azul-marinho de gola canoa e dá o nó em uma gravata azul-celeste. No início da operação da filial de Hiiromachi isso não era necessário, mas depois que o atual proprietário comprou a unidade, foi determinado que todos os funcionários deviam usar camisa e gravata sob o uniforme.

Enquanto Izumi arruma a roupa diante do espelho, a porta se abre com ímpeto e Sugawara entra na sala.

— Bom dia!

Sugawara também é uma temporária, de vinte e quatro anos, animada e que fala alto. Ela é cantora em uma banda e costuma resmungar que, na verdade, gostaria de pintar de vermelho seus cabelos bem curtos. É uma menina simpática, com o rosto rechonchudo, mas, antes de Izumi aparecer, vivia chegando atrasada e levando sermões do gerente por não tirar os brincos para trabalhar ou coisa parecida. Porém, Izumi a colocou na linha, chamando sua atenção de forma clara e direta, e agora Sugawara também é uma funcionária perfeitamente séria e dedicada.

Os outros colegas do turno diurno são Iwaki, um estudante alto e magrelo, e Yukinoshita, um jovem que acaba de conseguir emprego em uma firma e deve sair em breve. Iwaki também disse que vai diminuir os dias de trabalho para focar na busca de emprego. Desse jeito, ou o gerente terá que voltar ao turno da madrugada, ou terão que contratar mais alguém, senão a konbini vai parar.

Meu eu atual é constituído quase inteiramente pelas pessoas com quem convivo. Trinta por cento vêm de Izumi, trinta por cento de Sugawara, vinte por cento do gerente, sendo o restante uma combinação do que já absorvi de outras pessoas, como Sasaki, que saiu há seis meses, ou Okazaki, que era o líder dos temporários até um ano atrás.

Pego rapidamente as manias das pessoas ao meu redor, sobretudo em relação ao jeito de falar. No momento, minha fala é uma mistura do jeito de Izumi e de Sugawara.

Acredito que isso aconteça com a maioria das pessoas. Outro dia, o pessoal da banda de Sugawara passou na konbini e vi que as meninas falavam e se vestiam iguais a ela. Depois que Izumi começou a trabalhar aqui, Sasaki passou a desejar "bom trabalho!", exatamente no mesmo tom que ela. Também teve a vez em que uma amiga de Izumi, uma mulher casada que ela conhecera em outra loja, veio nos ajudar no serviço, e as roupas das duas eram tão idênticas que pareciam a mesma pessoa. Talvez o meu próprio jeito de falar também tenha contagiado alguém. Acho que é assim, nos contagiando mutuamente, que mantemos nossa humanidade.

Antes de pôr o uniforme, Izumi costuma vestir roupas um pouco chamativas, porém apropriadas para uma mulher na faixa dos trinta anos. Então checo a marca dos sapatos que ela calça e as etiquetas de seus casacos dentro do armário, como referência. Uma única vez espiei dentro de uma nécessaire que ela deixara largada na sala, e anotei os nomes e as marcas das maquiagens. Se eu copiasse tudo igualzinho ela perceberia, então busco o nome das marcas na internet e vejo, nos blogs de quem usa essas roupas e produtos, outras coisas que elas recomendam ou mencionam, em posts do tipo "Qual destes lenços vocês preferem?". Depois de todo esse tempo observando diariamente suas roupas, acessórios e corte de cabelo, comecei a ver Izumi como o modelo-padrão de como deve ser uma mulher da nossa idade.

De repente, ela pousa o olhar sobre as minhas sapatilhas.

— Esses sapatos são lá da avenida Omotesando, não são? Eu adoooro essa loja... Tenho uma bota de lá!

Na sala dos fundos, Izumi fala de um jeito meio arrastado, esticando as palavras.

Eu havia comprado as sapatilhas nessa loja porque, enquanto Izumi estava no banheiro, vi o nome da marca na sola dessa bota.

— Ah, é mesmo? É uma azul-marinho? Você veio com ela outro dia, não foi? Achei linda!

Respondo usando a fala de Sugawara, mas com expressões um pouco mais maduras. Sugawara fala num ritmo *staccato*, um tanto pulado. É o oposto de Izumi, mas curiosamente os dois estilos combinam muito bem.

— Acho que a gente tem o mesmo gosto para a moda! Essa sua bolsa também é maravilhosa — sorriu Izumi.

É claro que temos o mesmo gosto, já que eu a tenho como referência. Para as pessoas ao meu redor, devo parecer um ser humano que usa bolsas apropriadas para a idade e fala num tom agradável, nem indelicado nem formal demais.

— Izumi, ontem você estava aqui na konbini? O estoque de lámen está uma bagunça! — disse Sugawara, falando alto como sempre, enquanto se trocava diante dos armários.

— Vim! — respondeu Izumi, voltando-se para ela. — Durante o dia estava tudo bem, o problema é que uma das meninas da madrugada faltou sem avisar, acredita? Por isso que esse novo rapaz, Dat, teve que vir.

— O quêê? Ela deu o cano outra vez? — Sugawara veio em nossa direção fechando o zíper do uniforme, de cara amarrada. — Não acredito! Justo agora que está faltando pessoal... Então está explicado por que a konbini está essa zona. Quase não tem mais sucos de caixinha, você viu? E durante o pico da manhã, ainda por cima!

— Pois é! Um absurdo... Por isso que o gerente resolveu passar para o turno da madrugada, esta semana. Agora são só novatos nesse turno.

— Mas de dia também está ficando difícil... Você soube que Iwaki vai sair para procurar emprego? Assim complica! Se as pessoas não avisam com antecedência quando vão sair, acaba sobrando tudo para os outros temporários...

Vou ficando um pouco tensa enquanto ouço essa conversa exaltada das duas. O sentimento de raiva praticamente não existe dentro de mim. No máximo, fico preocupada com a falta de funcionários, só isso. Examino de esguelha a expressão no rosto de Sugawara e, assim como fazia durante o treinamento, experimento mover os mesmos músculos.

— O quêê? Ela deu o cano outra vez? Não acredito! Justo agora que está faltando pessoal... — repito exatamente as suas palavras.

Izumi, que tirava o relógio e os anéis, dá risada.

— Ha, ha, ha, Furukura ficou passada! Tem razão, é um absurdo!

Pouco tempo depois de começar a trabalhar, percebi que todos os colegas se alegram quando você fica bravo pelas mesmas coisas que eles. Se alguém reclama do gerente ou diz que fulano não está trabalhando direito e eu faço coro a essa indignação, isso gera um curioso sentimento de solidariedade e deixa todo mundo contente.

Observo o rosto de Izumi e de Sugawara e respiro aliviada. Ufa, estou me saindo bem como ser humano. Quantas vezes, aqui na konbini, já senti essa tranquilidade?

Izumi olha o relógio e chama nossa atenção:

— Bom, vamos fazer a reunião matinal?

— Vamos!

Nós três formamos uma fila e começamos os procedimentos do turno. Izumi abre o caderno de comunicados para anunciar as metas e avisos do dia:

— O produto em destaque de hoje é o novo pão doce de manga com chocolate. Vamos anunciá-lo bastante, ok? Além disso, o foco desta semana é *cleanliness*! Então, todo o cuidado para manter o chão, os vidros e a região da porta impecáveis, mesmo quando a loja estiver cheia, hein! Hum, como já está um pouco tarde, vou pular o juramento... Vamos só treinar as frases de atendimento aos clientes.

— "*Irasshaimasê!*"

— *Irasshaimasê!*

— "Agradecemos pela preferência!"

— Agradecemos pela preferência!

— "Volte sempre!"
— Volte sempre!
Terminamos de repetir as frases, checamos nosso vestuário e nossa aparência, e então saímos uma a uma pela porta do escritório, cumprimentando os clientes.

— *Irasshaimasê*, bom dia! — anuncio, saindo depois das duas.

Gosto muito desse instante. É quando a manhã parece tomar forma dentro de mim.

A campainha que avisa quando alguém entra na konbini ressoa como os sinos de uma igreja. Quando eu abrir a porta, aquela caixa iluminada estará me esperando. Um mundo preciso, sólido, que nunca para de funcionar. Tenho fé no mundo que há dentro dessa caixa repleta de luz.

Minhas folgas são às sextas-feiras e aos domingos. Às sextas, por ser dia útil, às vezes vou até a cidade onde cresci, para visitar uma amiga casada.

Na época em que estudava, eu quase não tinha amigos, pois estava totalmente dedicada à atividade de ficar calada. Porém, quando eu já estava trabalhando na loja, reencontrei colegas de escola em uma reunião de ex-alunos e fiquei amiga de algumas delas que ainda moram na minha cidade natal.

— Uau, há quanto tempo, Furukura! Como você está diferente! — Foi Miho quem puxou conversa, entusiasmada, ao me ver na reunião.

Ela ficou feliz porque nós duas usávamos o mesmo modelo de bolsa em cores diferentes, e pegou meu contato dizendo para irmos às compras alguma hora dessas. Desde então, eventualmente nos encontramos para comer alguma coisa ou ir ao shopping.

Hoje Miho está casada e comprou um imóvel um pouco antigo na cidade onde crescemos, onde costuma reunir as amigas. Às vezes acho um pouco chato ter que me deslocar até lá quando tenho trabalho no dia seguinte, mas essa é minha única conexão com o mundo fora da konbini e uma oportunidade preciosa de conviver com algumas "mulheres normais na faixa dos trinta anos". Então me esforço para aceitar os convites de Miho sempre que possível. Naquele dia, nos reunimos na sua casa para tomar chá e comer alguns docinhos. Éramos eu, Yukari, que trazia um filho ainda bebê, e Satsuki, que é casada, mas ainda não tem filhos.

Yukari, a que foi com o bebê, passou um período morando em outra cidade por causa do trabalho do marido, então fazia tempo que não a víamos. Enquanto comíamos o bolo comprado no shopping da estação, ela repetia sem parar como estava com saudades e como era bom estar de volta.

— Ai, realmente não há nada como a terra da gente... Keiko, a última vez que nos vimos eu tinha acabado de me casar, não foi?

— Sim! Fizemos um churrasco com um monte de gente, para comemorar! Que saudades de todo mundo! —

respondi usando uma mistura das entonações de Sugawara e de Izumi.

— Como você está mudada, Keiko! — Yukari me encarou, ao me ver falando tão animada. — Acho que antes você falava de um jeito mais curioso, digamos... Estou te achando tão mudada! Será que é o corte de cabelo?

— Sério? Para mim ela parece igualzinha. Mas talvez seja porque a gente se vê toda hora... — comentou Miho.

Miho estranhou o comentário de Yukari, mas pensei que ela devia estar certa. Afinal, o mundo que me cercava já era completamente diferente de antes. Assim como a água que havia no meu corpo já não devia ser a mesma que era na última visita àquela casa, as coisas que absorvo e que me constituem também estão sempre mudando.

Da última vez que eu vira Yukari, alguns anos antes, a maioria dos meus colegas da konbini eram universitários tranquilos, então naquela época eu devia falar de um jeito muito distinto.

— É? Será que estou diferente? — respondi sorrindo, sem mencionar nenhum desses pensamentos. — De fato, acho que meu estilo mudou um pouco... Antes eu usava umas roupas mais relaxadas!

— É verdade! Essa sua saia é lá da Omotesando, não é? Eu experimentei o mesmo modelo, em outra cor! Achei uma graça.

— É, sim! Tenho usado muito essa marca!

Sorri, com minhas roupas diferentes e meu novo jeito de falar. Com qual Keiko será que elas estavam falando?

Yukari continuava rindo e exclamando que estava feliz de me reencontrar.

Miho e Satsuki devem conviver bastante aqui na cidade, pois têm exatamente as mesmas expressões faciais e o mesmo jeito de falar. A maneira como comem os biscoitos é particularmente parecida. Com suas mãos de unhas perfeitas, quebram cada biscoito em pedaços pequenos antes de levá-los à boca. Tento me lembrar se elas sempre comeram assim, mas minhas memórias são vagas. Os gestos e as manias que minhas amigas tinham nas outras vezes em que as vi já haviam desaparecido em meio à correnteza.

— Da próxima vez, vamos chamar mais gente! Podemos aproveitar que você voltou para cá, Yukari, e chamar Shiho e o pessoal!

— Eba, vamos sim! Sem falta!

Todas se animaram com a proposta de Miho.

— Podemos fazer um churrasco como da outra vez! Aí dá para trazer os maridos e as crianças também!

— Ah, que ótimo! Quero que as crianças se conheçam e fiquem amigas!

— Esse tipo de coisa é tão legal! — comentou Satsuki, com inveja na voz.

— E vocês, Satsuki, não pensam em ter filhos? — perguntou Yukari.

— Hum... A gente quer, mas por enquanto estamos entregando à sorte. Acho que logo mais vamos começar a tentar de verdade!

— Faça isso, é uma boa hora! — concordou Miho.

Observando a maneira como Satsuki olhava a criança de Miho, que dormia profundamente, tinha a impressão de que o útero das duas também estava em sintonia.

Yukari, que assentia com a cabeça ouvindo a conversa das duas, se virou de repente em minha direção.

— E você, Keiko, ainda não se casou?

— Ainda não!

— Jura? Então... Vai me dizer que continua na konbini?

Pensei um pouco. Eu sabia, pois minha irmã já havia me explicado que era estranho alguém da minha idade não ter casado nem contar com um emprego de fato. Ainda assim, Miho e Satsuki sabiam da verdade. Não quis tentar disfarçar na frente delas, então concordei com a cabeça.

— Para falar a verdade, continuo...

Vi que a minha resposta fez surgir uma expressão chocada no rosto de Yukari e acrescentei apressada:

— É que minha saúde não é muito boa!

Para as amigas da minha cidade, digo que continuo no mesmo emprego temporário, com contrato por hora, porque tenho problemas de saúde crônicos. Na loja, meu argumento é que meus pais são doentes e preciso cuidar deles. Foi minha irmã quem me ajudou com essas duas justificativas.

Quando eu tinha vinte e poucos anos, ainda era comum pessoas da minha idade não terem um emprego fixo, então eu não precisava de desculpa alguma. Mas aos poucos todos foram criando laços com a sociedade — arranjando empregos ou se casando — e agora eu era a única que não tinha feito nenhuma das duas coisas.

No fundo, todos pareciam estranhar. Afinal, eu dizia que minha saúde era fraca, mas trabalhava em pé por várias horas todos os dias.

— Posso fazer uma pergunta meio estranha? Keiko, você já... teve algum relacionamento? — perguntou Satsuki, em tom de brincadeira.

— Relacionamento?

— É, quer dizer, já namorou alguém? É que eu estava pensando e acho que nunca ouvi você falar desse assunto...

— Não, nunca.

Respondi com sinceridade por reflexo. Todas se calaram e trocaram olhares, com expressões aflitas transparecendo no rosto. Ah, é... nessas horas eu devia responder alguma coisa ambígua. "Tive alguns casos, mas tenho um dedo podre para homem, sabe como é...", por exemplo. Algo que desse a entender que já me apaixonara e já tivera relações físicas como qualquer um, só que nunca tinha namorado pois sempre surgia algum empecilho, como o fato de os homens serem casados. Minha irmã havia me explicado que essa era a melhor abordagem para essas perguntas. "Nesses assuntos íntimos, basta você dar uma resposta vaga. As pessoas interpretam como querem e ficam satisfeitas", explicou. Eu sabia disso tudo, mas acabei me atrapalhando e falando a verdade.

— Escuta, eu sou bem liberal, tenho vários amigos homossexuais e tal… — disse Miho, tentando consertar a situação. — Agora também tem gente, como é que se diz… assexual, não é?

— Verdade, é cada vez mais comum! Dizem que os jovens não têm muito interesse nesse assunto.

— Vi na tevê outro dia que nesses casos é mais difícil se assumir.

Eu não tenho nenhuma experiência com sexo, mas também nunca refleti sobre minha sexualidade nem me afligi por isso. Apenas não ligo para o assunto. Mas elas já concluíram que eu estava sofrendo e seguiram a conversa partindo dessa premissa. Além disso, mesmo que eu estivesse sofrendo, não necessariamente meu sofrimento se encaixaria em alguma dessas formas claras e preestabelecidas, porém ninguém estava disposto a se aprofundar de fato nessa reflexão. Era como se elas declarassem que preferiam ver as coisas desse jeito, pois assim a situação era mais fácil de compreender.

Daquela vez em que bati no colega com uma pá, quando era criança, aconteceu o mesmo. Os adultos caíram em cima da minha família, convencidos de que havia algum problema na minha casa, apesar de não existir nenhum fato para justificar essa acusação. Queriam de qualquer maneira que admitíssemos que era isso o que acontecia. Afinal, se eu sofresse abusos em casa, isso justificaria de forma simples e clara o ocorrido e todos poderiam ficar tranquilos.

Por que será que as pessoas querem tanto se tranquilizar? É muito chato. Enquanto refletia sobre isso, repeti o que minha irmã me dissera para responder sempre que eu estivesse em apuros.

— Bom, é que eu não tenho a saúde muito boa, vocês sabem!

— Ah, puxa, entendi! Uma doença crônica deixa tudo mais complicado...

— Já faz tempo que você tem isso, não? Está tudo bem?

Eu queria voltar logo para a loja. Lá, as coisas não são tão complicadas. O importante é você ser um membro da equipe. Gênero, idade e nacionalidade não importam, pois ao vestir o uniforme todos se tornam Funcionários, em pé de igualdade.

Olhei o relógio. Eram três da tarde. Deviam estar terminando o fechamento dos caixas, depois irão ao banco conseguir moedas para o troco e então será a hora de arrumar nas prateleiras os pães e os bentôs entregues pelo caminhão.

Mesmo quando estou longe, eu e a konbini sempre nos mantemos conectadas. A imagem da luminosa Smile Mart de Hiiromachi, lá longe, preenche minha mente em tons vivos. Penso na agitação que pulsa dentro dela e acaricio minha mão, com as unhas cortadas bem curtas para poder digitar no caixa com facilidade, pousada sobre meu joelho.

Nas manhãs em que acordo mais cedo, desço uma estação antes e sigo a pé até a loja. Conforme vou caminhando, os prédios residenciais, bares e restaurantes dão lugar a edifícios comerciais.

Essa sensação de que o mundo vai morrendo aos poucos é agradável. É a mesma paisagem daquele dia em que me perdi e vim parar na loja. De manhã cedo, não há quase ninguém pelas ruas, só um ou outro homem de terno passando apressado.

Apesar de a loja estar cercada de escritórios, há muitos clientes que parecem morar na vizinhança. Sempre me pergunto onde será que eles vivem. Imagino os Senhores Clientes dormindo em algum canto deste mundo vazio como uma casca de cigarra.

Quando chega a noite, a paisagem se transforma e as luzes dos escritórios se acendem, enfileiradas em padrões geométricos. As luzes daqui têm uma cor uniforme e artificial, diferentes das que vejo no bairro de apartamentos populares onde moro.

Para um funcionário da loja de conveniência é importante caminhar pelos arredores para coletar informações. Se algum restaurante próximo resolver vender bentôs na hora do almoço, isso afeta as vendas. Se alguma reforma ou construção tem início, os operários aumentam a clientela. Certa vez, quatro anos depois da nossa inauguração, uma concorrente do bairro faliu. Foi uma loucura, pois seus clientes migraram em massa para a nossa loja. Tive até que fazer hora extra, pois o horário de pico do almoço não acabava nunca e não havia bentôs o suficiente para todos. Nessa ocasião, o gerente recebeu uma advertência da central por não ter prestado atenção de forma satisfatória à vizinhança. Portanto, como funcionária, devo observar cuidadosamente o bairro para evitar esse tipo de coisa.

Hoje não vi nenhuma mudança significativa, mas estão terminando de construir um prédio, talvez a clientela aumente quando ele ficar pronto...

Fazendo uma nota mental sobre isso, cheguei à konbini, comprei um sanduíche e um chá e segui para a sala dos fundos. O gerente havia trabalhado no turno da madrugada mais uma vez e agora, suado, encurvado diante do computador central, inseria números nos formulários.

— Bom dia!

— Oh, bom dia, Furukura! Chegou cedo como sempre.

Esse gerente, o oitavo a dirigir a loja, é um homem de trinta anos sempre cheio de energia. Tem a boca um pouco suja, mas é trabalhador.

O segundo gerente fingia trabalhar, mas não fazia as coisas direito, o quarto era sério e com mania de limpeza. O sexto era um homem pedante e afetado. Ninguém gostava dele, o que resultou em vários problemas, toda a equipe do período noturno pediu demissão ao mesmo tempo. Aquele, o oitavo, se dá bem com os funcionários e gosta de botar a mão na massa, então é um prazer vê-lo trabalhar. O sétimo era muito acanhado, não conseguia manter o pessoal da madrugada sob controle, deixando a konbini caótica. Por isso, não me incomodo que o atual gerente seja um pouco grosseiro, desde que trabalhe de verdade.

Durante esses dezoito anos sempre houve um Gerente na konbini, que vai simplesmente mudando de forma. São diferentes entre si, mas às vezes sinto que todos formam uma única criatura.

— Ah, é. Hoje chega um funcionário novo, Shiraha, para trabalhar com vocês! Ele fez o treinamento no turno da noite, mas vai começar no diurno. Dê uma força para ele, por favor!

O oitavo gerente fala muito alto, sua voz está sempre ressoando na sala dos fundos.

— Pode deixar! — respondi com vigor.

Sem parar de digitar os números, o gerente assentiu enfaticamente com a cabeça.

— Fico tranquilo sabendo que posso contar com você, Furukura! Agora que Iwaki sairá de vez, você, Izumi, Sugawara e esse novato, Shiraha, vão ter que segurar as pontas durante o dia! Porque, pelo jeito, vou ter que continuar no turno da madrugada por mais um tempo…

O gerente e Izumi falam de formas bem diferentes, mas os dois têm a mesma mania de arrastar as palavras. Como ele entrou depois, talvez tenha sido contaminado por ela… ou quem sabe foi Izumi quem absorveu as manias do gerente e começou a esticar ainda mais as palavras.

Refleti sobre isso enquanto respondia imitando o jeito de falar de Sugawara.

— Certo, conte comigo! Espero que logo apareça alguém!

— Pois é... já anunciei as vagas, perguntei para o pessoal da madrugada se eles não têm nenhum amigo precisando de trabalho, mas nada... Ainda bem que você nos ajuda cinco dias por semana!

Quando falta pessoal na loja, todos ficam muito felizes simplesmente por você estar lá, trabalhando, não importa se você é bom ou não. Eu não sou tão competente quanto Izumi ou Sugawara, mas nunca me atraso nem falto. Nesse aspecto, não deixo a desejar, então sou tratada como uma boa peça nesse motor.

Nesse momento, uma voz soou do lado de fora da porta:

— Com licença...

— Pode entrar, Shiraha! Eu não te falei para chegar meia hora antes? Você está atrasado!

A porta se abriu discretamente e um homem alto, com mais de um metro e oitenta e magro como um cabide, entrou olhando para o chão.

O sujeito todo já parecia feito de arame e, para completar, seus óculos prateados lembravam um pedaço de arame preso no rosto. Vestia uma calça preta e uma camisa branca, seguindo as regras da konbini, mas era tão magro que a camisa não lhe servia direito. Seus punhos estavam aparecendo nas mangas e o tecido se acumulava em dobras sobre a barriga.

Parecia um esqueleto recoberto de pele. Sua aparência me desorientou por um instante, mas logo me recuperei e o cumprimentei com um aceno de cabeça.

— Bom dia! Meu nome é Keiko Furukura, trabalho no turno diurno. Muito prazer!

— Certo... — murmurou Shiraha, acuado. Talvez eu tenha falado alto demais, como o gerente.

— Vai, Shiraha, se apresente! A primeira impressão é a que fica, portanto é importante cumprimentar direito todo mundo!

— Há... Bom dia... — balbuciou o recém-chegado, num fiapo de voz.

— Agora seu treinamento já terminou e você é um funcionário de verdade, hein? Eu já te mostrei como operar o caixa, como é feita a limpeza da konbini e como preparar as comidas básicas, mas você ainda tem muita coisa para aprender, viu? Esta aqui, Furukura, está nesta konbini desde que abriu, acredita? Então pode perguntar qualquer coisa para ela.

— Ok...

— Ela está aqui há dezoito anos, ouviu? De-zoi-to anos! Ha, ha, ha, por essa você não esperava, hein? É uma veterana!

Ao ouvir isso, Shiraha deixou escapar uma exclamação incrédula. Seus olhos afundados desapareceram ainda mais para dentro do rosto.

Enquanto eu pensava no que fazer para aliviar aquele clima desagradável, a porta se abriu com ímpeto e

Sugawara entrou na sala, carregando nas costas um estojo de instrumento musical.

— Bom dia! — cumprimentou ela e, ao reparar em Shiraha, acrescentou animada: — Ah, funcionário novo? Muito prazer!

Desde que o oitavo gerente começou a trabalhar na konbini, tenho a impressão de que a voz de Sugawara fica cada vez mais alta. Fiquei refletindo sobre como isso era esquisito e, quando me dei conta, ela e Shiraha já estavam prontos.

— Bom, vamos começar a reunião? — conclamou o gerente. — Primeiro, os avisos de hoje. Shiraha terminou o treinamento e a partir de hoje irá trabalhar das nove às cinco! Shiraha, lembre-se de cumprimentar todos os clientes, sempre com entusiasmo, certo? Se tiver alguma dúvida, não deixe de perguntar para essas duas. Elas são muito experientes. E tente ficar no caixa durante o horário de pico do almoço, sim?

— Há, certo... — assentiu Shiraha.

— Fora isso, hoje começa a promoção de salsichas, então deixem sempre várias prontas! Nossa meta são cem unidades. Na promoção passada vendemos oitenta e três, hoje a gente consegue bater a meta, pessoal! Não se esqueçam. Furukura, conto com você!

— Pode deixar! — respondi com entusiasmo.

— Lembrem-se de que a sensação térmica é muito importante para a loja! Esquentou muito de ontem para hoje, então deve sair muita coisa gelada. Não se esqueçam de repor as bebidas sempre que estiverem acabando. Por último, anunciem bastante a promoção de salsichas e a nova sobremesa, pudim de manga!

— Certo! — também respondeu animada Sugawara.

— Bem, isso encerra os avisos. Agora vamos repetir o juramento da konbini e as frases de atendimento. Repitam comigo: "Nós juramos oferecer aos clientes o melhor serviço possível e iremos nos dedicar para que esta konbini seja a preferida da região, amada por todos!"

Tratamos de repetir a frase após a voz possante do gerente:

— Nós juramos oferecer aos clientes o melhor serviço possível e nos empenhar para que esta konbini seja a preferida da região, amada por todos!

— "*Irasshaimasê!*"
— *Irasshaimasê!*
— "Agradecemos pela preferência!"
— Agradecemos pela preferência!
— "Volte sempre!"
— Volte sempre!

As três vozes se sobrepunham. Enquanto falava, me ocorreu que quando o gerente estava presente a reunião matutina tinha outra atmosfera. Então ouvi Shiraha murmurar:

— Esse negócio parece uma seita.

É verdade. A resposta ecoou no meu peito.

A partir desse momento, nós nos tornamos Funcionários e existimos em função da loja de conveniência.

Shiraha ainda parecia desconfortável, limitando-se a abrir e fechar a boca quase sem produzir som algum.

— Pronto, reunião encerrada! Bom trabalho a todos! — exclamou o gerente.

— Bom trabalho! — respondemos eu e Sugawara.

— Se você tiver qualquer dúvida, pode perguntar, não tenha vergonha! — disse para Shiraha. — Contamos com você!

Ele sorriu de leve.

— Como é? Alguma dúvida sobre o trabalho numa konbini?

Ele riu pelo nariz, o que resultou num grunhido de porco e fez inflar uma membrana de ranho nas suas narinas.

Que coisa… então dentro da pele de Shiraha, ressecada como um papel, havia umidade suficiente para formar uma bolha assim! Enquanto eu observava, esperando que ela estourasse, ele continuou falando em voz baixa e rápida.

— Não tenho nenhuma dúvida, não. Já sei como funcionam as coisas aqui.

— Ah, por acaso já tem experiência neste trabalho? — quis saber Sugawara.

— Experiência? Não, não tenho — respondeu ele.

— Bom, você ainda tem muito que aprender! — interveio o gerente. — Furukura, comece com o *face-up*, sim? Vou encerrar por hoje e ir dormir!

— Vou para o caixa! — anunciou Sugawara, e saiu em passos rápidos.

Levei Shiraha até as bebidas de caixinha e falei, com a voz de Sugawara:

— Fazer o *face-up* é arrumar todas as bebidas com o rótulo virado para a frente. Faça isso, por favor! Elas saem muito durante a manhã, então deixe a prateleira bem organizada. Enquanto for arrumando os rótulos, aproveite para ver se todas têm plaquinhas com o preço correto. E não se esqueça de continuar anunciando os produtos do dia e cumprimentar os clientes. Se algum deles se aproximar para escolher uma bebida, saia rápido do caminho e tome cuidado para não atrapalhar.

— Certo, certo — respondeu Shiraha, e começou a arrumar as bebidas sem ânimo.

— Quando acabar, me avise. Aí vou mostrar como fazer a faxina!

Ele não respondeu, apenas continuou trabalhando em silêncio.

Passei um tempo no caixa e voltei para ver como andavam as coisas depois que a fila do pico da manhã se desfez, mas Shiraha não estava mais lá. As bebidas estavam todas bagunçadas e havia leite no lugar dos sucos de laranja.

Encontrei Shiraha na sala dos funcionários, folheando o manual com gestos preguiçosos.

— O que foi? Ficou com alguma dúvida?

— Não, é que os manuais desse tipo de cadeia de lojas são muito malfeitos, sem clareza alguma. Acho que, para melhorar a empresa, temos que começar arrumando esse tipo de coisa — respondeu Shiraha num tom presunçoso, virando as folhas.

— Você ainda não terminou o *face-up* que eu pedi agora há pouco?

— Terminei sim, por quê?

Vendo que ele não tirava os olhos do manual, me aproximei e falei com bastante vigor:

— Shiraha, antes de pensar sobre o manual, você precisa saber arrumar os rótulos! Tem que fazer o *face-up* e anunciar os produtos para os clientes, isso é o básico do básico! Se você não tiver entendido, posso fazer junto para te mostrar.

Levei-o novamente, mal-humorado, até as bebidas de caixinha. Dessa vez, mostrei na prática como enfileirar as bebidas, para que ele não tivesse nenhuma dúvida.

— Arrume todos os rótulos assim, de forma que a face deles fique virada para os clientes, entendido? Além disso, você não pode mudar os produtos de lugar. Os sucos verdes ficam aqui, o leite de soja, aqui... a ordem já é toda definida.

— É que esse tipo de trabalho não é próprio para os instintos masculinos, sabe... — murmurou ele. — Afinal, desde o período Jomon[3], na pré-história, é assim. Os homens saem para caçar enquanto as mulheres protegem a casa e colhem frutos e ervas silvestres. Esse tipo

---

3. Período da pré-história japonesa que compreende a época em torno de 14000 a.C. a 300 a.C. [N.T.]

de atividade deve ser feito por mulheres, é uma questão de constituição cerebral.

— Shiraha! Estamos nos tempos modernos! Os funcionários das konbinis não são homens nem mulheres, são todos funcionários. Ah, também vou te mostrar como organizar o estoque que está lá nos fundos.

Tirei alguns itens da geladeira *walk-in*, mostrei como posicioná-los nas prateleiras, depois corri para retomar meu próprio serviço.

Quando voltei para o caixa, levando várias salsichas do estoque, Sugawara estava colocando grãos de café na máquina.

— Esse sujeito não é meio esquisito? — perguntou ela, de cenho franzido. — Ele acabou de terminar o treinamento, hoje é seu primeiro dia, não é? Ele mal sabe passar as compras no caixa e já veio me dizer que queria fazer as encomendas de produtos!

— Caramba!

Bom, se ele tinha disposição para fazer algum trabalho já era alguma coisa, ainda que estivesse focando na atividade errada... Pensava nisso quando Sugawara riu, erguendo suas bochechas redondas.

— Você nunca se estressa, né, Furukura?

— Como assim?

— Admiro isso! Eu fico muito irritada, não suporto esse tipo de gente. Quando estamos bravas você nos apoia, mas, sozinha, nunca reclama de nada! Nunca vi você se irritar com algum novato sem noção.

Fiquei tensa.

Ela parecia me acusar de ser uma farsa. Apressei-me em mudar minha expressão.

— Imagina! Apenas não demonstro quando estou brava.

— Jura? Se algum dia você brigar comigo, será um choque! — Sugawara riu alto.

Ela falava tranquilamente, enquanto eu continuava tecendo cada frase e movendo os músculos do rosto com atenção.

Ouvi o som de uma cesta de compras sobre o balcão e me voltei de imediato. Quem estava diante do caixa era uma cliente habitual, uma senhora de idade que andava com ajuda de uma bengala.

— *Irasshaimasê!* — cumprimentei-a alegremente, e comecei a passar os produtos pelo leitor.

A senhora sorriu, estreitando os olhos.

— Nesta konbini as coisas nunca mudam...

Refleti por um instante antes de responder.

— É verdade!

Não há quase nada na konbini que esteja aqui desde que ela foi inaugurada. O gerente, os funcionários, os hashis descartáveis, as colheres, os uniformes e as moedas, o leite e os ovos que passo pelo leitor, a sacola plástica onde os coloco. Essas coisas estão sempre aqui, mas não são as mesmas, vão sendo substituídas pouco a pouco.

Talvez fosse isso o "nunca mudam". Enquanto refletia, anunciei:

— São 390 ienes, por favor!

Na folga da sexta-feira, fui visitar minha irmã, que mora em um bairro residencial perto de Yokohama.

Seu apartamento fica em um prédio novo próximo à estação, em área residencial nova. Seu marido trabalha numa empresa de eletrônicos e costuma voltar para casa só no último trem, tarde da noite.

O apartamento não é muito grande, mas é novo e confortável, com todo o necessário.

— Oi, entre! Yutaro acabou de pegar no sono.

Pedi licença e entrei. Era a primeira vez que eu a visitava desde que o meu sobrinho nascera.

— Como vai a vida com o bebê? É tão difícil como dizem?

— É bem puxado, mas acho que já estou pegando o jeito. Agora as coisas estão mais tranquilas, porque ele começou a dormir bem durante a noite.

Meu sobrinho parecia uma criatura distinta daquela que eu havia visto pelo vidro do hospital. Agora ele estava mais encorpado, com um formato mais próximo de uma pessoa, e sua cabeça estava coberta de cabelo.

Comemos o bolo que levei, junto com chá-preto para mim e chá de *roiboos*, sem cafeína, para minha irmã.

— Que delícia esse bolo… Quase não saio de casa por causa de Yutaro, então faz tempo que não como esse tipo de coisa.

— Que bom que gostou.

— Quando você me dá doces assim, me lembro do tempo em que a gente era criança — sorriu ela, um pouco sem jeito.

Meu sobrinho dormia ao nosso lado. Encostei a ponta do dedo na sua bochecha e vi que era estranhamente macia, como se eu estivesse acariciando uma bolha de queimadura.

— Olhando Yutaro, fica claro que no fundo nós somos mesmo animais... — disse minha irmã, alegre.

Yutaro tinha a saúde frágil e volta e meia ficava com febre, então ela estava sempre muito atarefada com seus cuidados. Pelo jeito, mesmo sabendo que é algo comum em bebês e que estava tudo bem, ela ficava aflita quando a febre era alta.

— E você, como vai? Tudo tranquilo lá na loja?

— Sim, tudo bem. Outro dia fui lá para a cidade, encontrar Miho e o pessoal.

— Puxa, de novo? Que inveja! Venha ver seu sobrinho mais vezes! — sorriu minha irmã.

Para mim, porém, não fazia sentido ir até lá só para ver meu sobrinho, já que ele era quase idêntico ao filho de Miho. Aparentemente, eu devia dar mais importância ao bebê da minha irmã do que ao outro. Mas, para mim, pareciam animais da mesma categoria, como gatos de rua que, apesar das diferenças, são todos iguais. Havia algumas diferenças entre as duas crianças, mas ambas não passavam de "bebês".

— Ah, Asami, será que você não tem uma desculpa melhor que eu possa usar? Continuo dizendo que tenho a saúde frágil, mas as pessoas estão começando a ficar desconfiadas…

— Hum, vou pensar. Mas não é totalmente mentira se você disser que tem a saúde frágil. Afinal, você está mesmo se reabilitando. Então pode falar isso, sem medo.

— O problema é que, quando as pessoas que não se consideram estranhas pensam que sou estranha e começam a fazer um monte de perguntas, querem saber tudo nos mínimos detalhes, sabe? Então eu preferia ter uma explicação, para não ter que lidar com isso.

Se as pessoas acham que alguma coisa é esquisita, sentem-se no direito de invadir essa coisa para descobrir os motivos de sua esquisitice. É cansativo. Além de ser irritante ver essa arrogância toda. Às vezes, as pessoas me importunam tanto que tenho vontade de bater nelas com uma pá para que parem, como fiz no primário.

Mas um dia falei isso para minha irmã, despreocupadamente, e ela quase chorou. Então achei melhor não dizer nada desta vez.

Eu nunca quis chatear minha irmã, que desde pequena sempre foi boa comigo. Resolvi falar sobre alguma coisa mais leve.

— Aliás, encontrei Yukari, que não via fazia tempo, e ela disse que eu estou diferente.

— Verdade, acho que você mudou um pouco!

— É? Bom, você também mudou. Está parecendo mais adulta do que antes.

— Deixa disso, já sou adulta faz tempo! — riu minha irmã.

Ela estava falando de outro jeito e usando roupas mais discretas do que antes. Devia estar convivendo com várias pessoas assim.

O bebê começou a chorar. Minha irmã correu para pegá-lo no colo e ficou tentando silenciá-lo.

Olhei para a pequena faca que havíamos usado para cortar o bolo, pousada sobre a mesa. Minha irmã parecia estar sofrendo tanto, coitada... Pensei que, se o objetivo era apenas fazer o bebê ficar quieto, seria bem fácil. Limpei os lábios sujos pelo creme do bolo e assisti enquanto ela embalava o filho.

Quando cheguei ao trabalho na manhã seguinte, pairava na konbini um clima tenso, diferente do usual.

Logo ao lado da porta automática, vi um cliente conhecido olhando assustado a seção de revistas. Outra cliente, que sempre vinha comprar café, passou por mim e saiu da konbini com passos apressados. Diante da prateleira dos pães, dois homens cochichavam.

Segui a direção dos seus olhares, me perguntando o que poderia estar causando aquilo. Todos acompanhavam os movimentos de um homem de meia-idade vestido com um terno puído.

Ele circulava pela loja interpelando vários clientes. Mais precisamente, parecia estar repreendendo todos eles.

— Ei, você aí! Não suje o chão desse jeito! — dizia com sua voz esganiçada para um cliente de sapatos enlameados.

Depois, gritou com uma mulher que escolhia um chocolate.

— Aaah, não! Olha a bagunça que você fez, estava tudo arrumadinho!

Todos o observavam de longe, temendo ser a próxima vítima.

O caixa estava cheio, mas Dat passava as compras sozinho e aflito, pois o gerente estava no balcão, recebendo de um cliente um equipamento de golfe para ser enviado por postagem expressa.[4] Uma fila estava começando a se formar. Então o homem de terno puído se aproximou dela e gritou com um cliente que estava um pouco fora da linha.

— Ei! Fique no seu lugar. Você tem que ficar rente à parede!

Os clientes da fila, todos trabalhadores das empresas do bairro, se esforçavam ao máximo para ignorá-lo. Aquilo era desagradável, mas na correria da manhã o importante era comprar logo o necessário e seguir para o escritório.

---

4. No original, *Takkyubin*: serviço rápido de entrega porta a porta dentro do Japão, em que é possível despachar todo tipo de objeto, mesmo de grande porte. Várias konbinis locais oferecem o serviço. [N.T.]

Corri para os fundos, peguei meu uniforme no armário e me troquei observando as câmeras de segurança. O homem foi até a seção de revistas e começou a dar uma bronca, a altos brados, em um jovem que lia uma publicação.

— É proibido ler as revistas antes de comprar! Pare já com isso!

O jovem o encarou, incomodado. Depois, olhou para o caixa.

— Qual é a desse cara? Ele trabalha aqui? — perguntou a Dat, que passava os produtos o mais rápido possível.

— Não! Ele... há, é um cliente — titubeou Dat, entre um produto e outro.

Ao ouvir isso, o jovem foi para cima do homem com ares de ameaça.

— Quer dizer que você nem trabalha aqui? Qual é a sua, então? Está me dando ordens por quê?

Quando há algum tumulto, nós, empregados temporários, devemos sempre deixar a questão a cargo de um superior, um empregado efetivo. Obedecendo a essa regra, assim que me aprontei fui direto até o gerente e me ofereci para tomar o seu lugar. Ele sussurrou "Ufa, obrigado!", correu para fora do balcão e se interpôs entre os dois homens. Enquanto terminava o procedimento de postagem e entregava o canhoto ao cliente, continuei atenta para ver se não começaria uma briga. Nesses casos, era preciso pressionar o botão de emergência.

Mas o gerente devia ter conseguido lidar bem com a situação, pois no fim das contas o homem de meia-idade saiu da konbini, resmungando qualquer coisa.

Um sopro de alívio se espalhou pelo ambiente e a atmosfera voltou a ser como a de qualquer manhã.

Aqui dentro, tudo é, compulsoriamente, mantido dentro dos padrões. Corpos estranhos são expelidos. Depois que o ar turbulento que preenchia a konbini se dispersou, os clientes voltaram a se concentrar em seus pães e cafés.

Quando a fila do caixa diminuiu, voltei para a sala dos fundos.

— Ótimo, você me salvou, Furukura! — disse o gerente.

— Não foi nada. Que bom que não acabou em briga!

— Eu nunca tinha visto aquele homem... O que será que deu nele?

Izumi, que já estava na sala dos funcionários, entrou na conversa:

— Aconteceu alguma coisa?

— Apareceu um homem meio esquisito, que ficou dando bronca nos clientes a torto e a direito. Por sorte ele foi embora antes que acontecesse algo pior!

— Ufa, que coisa! É um cliente antigo?

— Não, o mais estranho é que era um completo desconhecido... E não parecia fazer isso por maldade. Bom, se ele aparecer de novo, me avisem imediatamente! Não podemos deixá-lo criar confusão com os outros clientes.

— Certo, pode deixar.

— Bem, já vou indo! Trabalhei a noite inteira, de novo...

— Bom descanso! Ah, quase me esqueci. Gerente, o senhor pode chamar a atenção de Shiraha? Ele não trabalha direito e, quando eu falo, não adianta nada...

Izumi já estava quase no mesmo nível de um empregado efetivo, então costumava conversar com o gerente sobre os temporários.

— Ih, então ele não presta, mesmo? Tive um mau pressentimento sobre esse sujeito desde a entrevista... Ficou falando do trabalho com desprezo, como se fosse um negócio ridículo. Acabei contratando-o mesmo assim porque a situação está difícil, mas pelo visto vou precisar falar umas verdades para ele.

— Além disso, ele sempre chega atrasado! Inclusive, hoje ele devia ter entrado às nove, mas ainda não chegou. — Izumi fechou a cara. — Sabia que ele já passou dos trinta e cinco anos? Imagina, trabalhar por hora numa konbini com essa idade? O homem não tem mais futuro...

— É, esse aí já era! Esse tipo de gente é um fardo. As pessoas têm que contribuir para a sociedade, seja pelo trabalho ou cuidando da casa. É obrigação de todos!

Izumi assentia com a cabeça, concordando de forma enfática, mas de repente parou e cutucou o gerente.

— A não ser quando a pessoa tem alguma circunstância especial em casa, como Furukura, é claro!

— Ah, sim, nesse caso não tem jeito. É a vida! E, também, essas coisas são diferentes para homens e mulheres — apressou-se em acrescentar o gerente.

Antes que eu pudesse responder alguma coisa, ele retomou o assunto anterior.

— Shiraha, em compensação, já era! Ele tem até a cara de pau de mexer no celular enquanto está no caixa!

— Verdade, eu já reparei!

— O quê?! Durante o trabalho? — chocada, interrompi a conversa dos dois.

Não andar com o celular durante o trabalho é uma regra básica. Eu não conseguia compreender por que alguém desrespeitaria uma regra tão simples.

— Vocês sabem que, mesmo quando não estou na konbini, fico de olho nas câmeras de segurança, certo? Como Shiraha é novo, fiquei prestando atenção para ver qual é a dele. Vendo de fora, até parece que ele trabalha decentemente, mas na verdade ele faz muito corpo mole.

— Me desculpem por não ter prestado atenção!

— O que é isso, você não tem por que se desculpar, Furukura. Aliás, você anda muito dedicada nos anúncios para os clientes, hein? Mesmo olhando pelas câmeras, fico impressionado. Ainda mais considerando que você trabalha tantos dias por semana! Está de parabéns.

— Muito obrigada! — Abaixei a cabeça em uma mesura entusiasmada.

Então, mesmo quando ele não está aqui, o oitavo gerente vê minhas preces constantes para a Konbini.

Bem nesse momento a porta se abriu e Shiraha entrou na sala.

— Há... bom dia — cumprimentou ele, com sua voz débil.

Dava para enxergar o contorno de um suspensório por baixo da sua camisa. Talvez as calças caíssem, por ele ser magro demais. Seus braços também eram apenas pele esticada sobre os ossos. Olhar para aquele homem fazia você se perguntar como era possível caber um coração humano dentro de um corpo tão estreito.

— Shiraha, você está atrasado! Já tinha que estar de uniforme e pronto para a reunião matinal, há cinco minutos! E dê bom-dia direito quando abrir a porta do escritório, cumprimente seus colegas com entusiasmo! Mais uma coisa: o uso de celulares só é permitido durante o intervalo, ouviu? Você tem levado o seu para o caixa, não é? Estou de olho!

— Há... Desculpe. — Shiraha ficou visivelmente constrangido. — Isso... isso foi ontem, não foi? Foi você quem viu, Furukura?

Ele deve ter achado que eu o dedurara. Balancei a cabeça em negativa e o gerente continuou:

— Tem câmeras aqui, sabia? Câmeras! Posso estar no turno da madrugada, mas observo tudo o que está acontecendo durante o dia, viu? Bom, talvez eu não tenha explicado direito essa regra sobre os celulares, então agora fique sabendo que é proibido!

— É, eu não sabia... Desculpe.

— A partir de hoje não faça mais isso, de jeito nenhum. Ah, Izumi, você pode vir comigo ver uma coisa? Estou pensando em arrumar a seleção de presentes de verão nas prateleiras laterais. Neste ano, quero fazer um display bem bonito!

— Claro! As amostras já chegaram, não é? Eu ajudo o senhor!

— Queria fazer isso ainda hoje, mas precisamos mudar a altura de todas as prateleiras. Também quero acrescentar mais uma, para poder usar as de baixo para as utilidades domésticas de verão. Furukura e Sugawara, vocês podem fazer a reunião matinal? Assim eu e Izumi já vamos começando.

— Está bem!

Depois que o gerente e Izumi saíram da sala, Shiraha estalou a língua baixinho.

— *Tsc*, o cara é gerente de uma bodega dessas e fica se achando — cuspiu ele, quando olhei de relance em sua direção.

Ser menosprezado por causa do trabalho é bastante comum quando se trabalha em uma loja de conveniência. Acho muito interessante observar o rosto das pessoas quando elas demonstram esse desprezo. São tão humanas nesse momento.

Volta e meia também aparece alguém que, apesar de trabalhar na konbini, despreza quem faz essa mesma atividade. Olhei curiosa para o rosto de Shiraha.

Os olhos de quem despreza alguma coisa são particularmente fascinantes. Às vezes, escondem o medo de ouvir contra-argumentos. Outras, trazem o brilho agressivo de quem desafia, "pode discordar de mim, quero ver!". Em outros casos, quando o desprezo é inconsciente, os globos oculares parecem estar envolvidos por uma película, cobertos pelo prazer extasiado do sentimento de superioridade.

Espiei os olhos de Shiraha. Não havia nada de complicado neles, apenas pura discriminação.

Talvez Shiraha tenha sentido meu olhar sobre seu rosto, pois abriu a boca para continuar falando. As bases de seus dentes estavam amareladas, com algumas manchas pretas. Devia fazer bastante tempo que ele não visitava um dentista.

— Esse cara fica se pavoneando, mas não passa de um perdedor, trabalhando de gerente num lugar deste nível. É um merda da ralé e quer botar banca para cima dos outros?

Considerando as palavras em si, seu discurso seria violento. Mas ele murmurava tudo em voz baixa e não dava a impressão de estar nervoso. Pelo que eu observo, há dois tipos de pessoas preconceituosas: as que têm dentro de si o impulso e o desejo de discriminar e as que apenas papagaiam, em segunda mão, os discursos preconceituosos que ouviram em algum lugar. Shiraha parecia pertencer ao segundo grupo.

Ele continuava com os resmungos, às vezes se engasgando e engolindo as palavras.

— Nesta konbini aqui só tem ralé! Quer dizer, em qualquer konbini é assim. Só tem umas donas de casa que não conseguem viver apenas com o salário do marido, uns desempregados sem planos para o futuro... Até os estudantes que trabalham aqui são a ralé das universidades, do tipo que não consegue nem arranjar emprego como professor particular. E tem ainda a ralé dos imigrantes, que vêm ganhar dinheiro para mandar para família.

— Sei...

Esse homem parece bastante comigo. Soa como um ser humano, disparando uma palavra atrás da outra, mas sem dizer nada. Aparentemente, gosta bastante da palavra "ralé". Usou quatro vezes nesse tempo tão curto... Eu concordava de vez em quando com a cabeça, desatenta. Lembrei-me do que Sugawara comentara outro dia: "Shiraha quer é ficar vadiando, mas tenta inventar um monte de desculpas, e só piora..."

— Por que você veio trabalhar aqui, Shiraha?

Essa dúvida básica me ocorreu de repente.

— Para arranjar uma esposa — respondeu ele, sem pestanejar.

— O quê?!

A surpresa foi tanta que dei um grito incrédulo. Eu já ouvira muitas justificativas diferentes. Porque é perto de casa, porque parecia fácil, coisas assim. Mas era a primeira vez que me deparava com alguém disposto a trabalhar na konbini por um motivo desses.

— Mas foi em vão, não tem ninguém decente aqui. As mais jovens não querem nada sério e, fora elas, só tem um bando de velhas.

— Bom, a maioria das pessoas que faz esse tipo de trabalho são estudantes. Não deve ter mesmo muita gente da faixa etária que você busca.

— Das clientes, até tem várias que parecem razoáveis, mas geralmente elas são muito arrogantes. Aqui perto existem muitas empresas grandes... As mulheres que trabalham nesses lugares são um caso perdido, se acham demais.

Eu não sabia com quem Shiraha estava falando. Ele tagarelava olhando em direção a um pôster na parede, que anunciava "Todos juntos, vamos superar as metas do semestre!".

— Esse tipo aí só quer saber dos colegas de trabalho, mal olham na minha cara. As mulheres são assim mesmo, desde a pré-história. As melhores meninas da aldeia, as mais bonitas e jovens, ficam com os homens mais fortes e que caçam melhor. Assim, eles mantêm seus genes fortes. Para o resto, o jeito é buscar consolo entre si. A sociedade moderna é uma ilusão, a verdade é que o mundo em que vivemos é quase idêntico ao período Jomon. Todo mundo fica aí falando de igualdade entre os sexos, mas...

— Shiraha, vista logo o uniforme. Se não começarmos a reunião matinal, não vai dar tempo — interrompi quando ele começou a falar mal dos clientes.

Ele pegou sua mochila e seguiu, contrariado, até o seu armário. Enquanto enfiava as coisas lá dentro, recomeçou a resmungar qualquer coisa.

Olhando para ele, lembrei-me do homem de meia-idade que o gerente havia expulsado.

— Escuta... desse jeito vão consertar você.
— Oi? — perguntou Shiraha.
Talvez ele não tivesse ouvido direito.
— Nada, deixe isso para lá. Termine logo de se trocar e vamos começar a reunião.

Na konbini tudo é mantido, compulsoriamente, dentro dos padrões. Não vai demorar para consertarem um problema como você...

Sem dizer nada, observei enquanto Shiraha vestia, desanimado, seu uniforme.

Ao chegar à konbini na segunda-feira, vi que o nome de Shiraha fora apagado da tabela de turnos, com um xis à caneta vermelha. Talvez ele tivesse avisado em cima da hora que não viria. Quando deu o horário, Izumi, que deveria estar de folga, chegou.

O gerente terminou o turno da madrugada e entrou na sala.

— Bom dia! O que aconteceu com Shiraha? — perguntei.

— Ah, Shiraha... — Ele trocou um olhar com Izumi e soltou um sorriso amarelo. — Ontem me reuni com ele e ficou decidido que ele não terá mais turnos.

Seu tom era totalmente casual. *Ah, eu sabia...*

— Eu vinha fazendo vista grossa quando ele fugia das obrigações, comia escondido os produtos vencidos, essas coisas. Só que... sabe aquela cliente que veio buscar um guarda-chuva esquecido, outro dia? Uma que vem sempre aqui? Parece que ele ficou meio obcecado por essa mulher. Fotografou com o celular o número de telefone que ela escreveu em um formulário e estava tentando descobrir onde ela mora. Foi Izumi quem reparou, aí eu chequei os vídeos e confirmei que era verdade. Então me reuni com ele e pedi que deixasse o emprego.

Mas que idiota! Eu já tinha visto vários funcionários desobedecerem pequenas regras, mas nunca um negócio tão absurdo. Bom que não foi preciso envolver a polícia.

— Sempre achei esse sujeito esquisito demais! — continuou o gerente. — Ele também pegou na lista de contatos da loja o telefone de uma moça do turno da noite e todos os dias ficava enrolando aqui nos fundos até encontrar com ela, para pegarem o trem juntos... Chegou até a mexer com Izumi, que é casada! Queria que ele tivesse essa mesma dedicação ao trabalho, isso sim! Você também achou Shiraha meio desagradável, não foi, Furukura?

— É um absurdo, me dá nojo. — Izumi fez uma expressão de raiva. — Esse cara é um tarado. Não conseguiu nada com as funcionárias, então foi tentar até com as clientes! Babaca. Queria que ele tivesse sido preso!

— Bom, também não era para tanto...

— Mas isso aí é crime! Ele é um criminoso. Deviam prender esse tipo de gente na hora.

Apesar das reclamações, o clima na konbini era de tranquilidade. Agora que Shiraha tinha ido embora, a paz que reinava antes de sua chegada voltou e todos estavam curiosamente alegres e falantes. Pareciam aliviados por aquele ente estranho ter sido eliminado dali.

— Sinceramente, ele me irritava! Prefiro lidar com a falta de pessoal do que com um sujeito desses! — riu Sugawara, quando soube o que acontecera.

— Ele era horrível! Quando eu chamava sua atenção por não estar trabalhando direito, ele vinha com umas desculpas esfarrapadas, saía falando sei lá o que sobre o período Jomon. Aquele lá não bate bem! — soltou Izumi.

— É mesmo, era nojento! E não falava coisa com coisa. Por favor, não contrate mais gente assim!

— Bom, é que a gente estava precisando muito... — justificou-se o gerente.

— Imagina, ser demitido de uma konbini nessa idade? Que perdedor... Espero que morra na sarjeta!

Todos riram alto.

— É mesmo!

Eu também concordei, enquanto pensava que, se me tornasse um corpo estranho àquele sistema, seria expelida da mesma maneira.

— Agora precisamos arranjar alguém novo! Vou postar os anúncios mais uma vez.

E, assim, mais uma célula da loja de conveniência foi renovada.

No caminho para o caixa, depois de uma reunião matinal mais animada do que de costume, vi a senhora de bengala, aquela cliente conhecida, tentando alcançar um produto em uma prateleira baixa. Ela estava se inclinando até quase cair.

— Senhora, pode deixar que eu pego. Seria este aqui? — apressei-me em perguntar, ao alcançar um pote de geleia de morango.

— Obrigada! — sorriu ela.

Levei sua cesta até o caixa e, enquanto pegava a carteira, a senhora murmurou mais uma vez:

— De fato, nesta konbini as coisas nunca mudam!

Hoje uma pessoa desapareceu daqui, sabia?, pensei.

Sem dizer nada, agradeci e comecei a passar os produtos.

Aquela cliente à minha frente me fazia lembrar da outra senhora de idade, a primeira pessoa a quem eu atendera no caixa. Esta também costumava vir à konbini todos os dias, com sua bengala, até que certo dia deixou de aparecer. Talvez sua saúde tivesse piorado, talvez ela tivesse mudado de casa. Era impossível saber.

Eu, porém, continuo repetindo aquela mesma cena. Desde então, já vi a mesma manhã 6.607 vezes.

Coloquei os ovos delicadamente dentro da sacola. São os mesmos ovos que vendi ontem, mas diferentes. A Senhora Cliente insere os mesmos hashis dentro da mesma sacola de ontem, recebe as mesmas moedas e sorri para a mesma manhã.

Miho escreveu para marcarmos aquele churrasco e ficamos de nos encontrar em sua casa no domingo seguinte.

No dia anterior ao churrasco, eu havia acabado de combinar que ajudaria com as compras durante a manhã, quando o celular tocou. Era da casa dos meus pais.

— *Keiko, o churrasco na casa de Miho é amanhã, não é? Você não quer aproveitar que estará por perto e passar aqui para dar um oi? Seu pai está com saudades.*

— Hum... acho que não vai dar. No dia seguinte eu trabalho, preciso voltar logo para me preparar.

— *Ah, é? Que pena... Você não veio nem no Ano-Novo! Apareça logo, então.*

— Tá bom.

Este ano eu trabalhei desde o dia 1º, porque não havia gente suficiente para cobrir os turnos. A konbini fica aberta 365 dias, mas na virada do ano as donas de casa que trabalham para completar o orçamento não podem vir, e os estudantes de intercâmbio costumam viajar para seus países, então sempre faltam funcionários. Eu até pretendia passar em casa, mas quando vejo que a konbini está em dificuldades, sempre acabo optando pelo trabalho.

— *E você, como vai? Deve ser cansativo trabalhar em pé o dia inteiro. Está tudo bem? Nenhuma novidade?*

Eu podia sentir, nessas palavras inquisidoras, que no fundo minha mãe desejava que houvesse alguma mudança. Talvez ela estivesse cansada de me ver fazendo a mesma coisa havia dezoito anos.

Respondi que tudo continuava na mesma. "Ah, é?", disse ela, soando um pouco aliviada, um pouco decepcionada.

Depois de desligar o telefone, vi por acaso minha imagem no espelho. Eu tinha envelhecido desde que nascera como funcionária. Isso não me preocupava muito, mas a verdade é que agora me cansava mais facilmente do que antes.

Às vezes me pergunto o que farei se ficar realmente velha e não puder mais trabalhar na loja. O sexto gerente deixou o emprego pois machucara as costas e não conseguia mais trabalhar. Eu precisava manter o corpo saudável, pela konbini.

No dia seguinte, conforme o combinado, ajudei nas compras de manhã e arrumamos tudo na casa de Miho para o churrasco. Na hora do almoço chegaram o marido de Miho e o de Satsuki, mais alguns amigos que moravam longe, várias pessoas que eu não via fazia tempo.

Dentre os catorze ou quinze convidados, apenas eu e mais duas éramos solteiras. Não me incomodei com isso, afinal, aquela não era uma reunião só para casais. Mas Miki, uma das outras mulheres que não eram casadas, cochichou no meu ouvido que aquilo era constrangedor.

— Há quanto tempo! Quando foi a última vez que nos vimos? Aquele dia em que fomos ver as cerejeiras?

— Acho que para mim essa também foi a última vez! Desde então, nunca mais vim para cá!

— O que vocês têm feito, hein?

Era a primeira vez em anos que todos se reuniam, então logo cada um começou a contar suas novidades, para pôr a conversa em dia.

— Estou morando em Yokohama, porque é mais perto do trabalho!

— Ah, você mudou de emprego?

— Mudei! Agora estou trabalhando numa empresa de moda! No emprego anterior os colegas eram um pouco difíceis...

— Eu me casei e estou morando em Saitama! Continuo no mesmo emprego de antes.

— Eu, como vocês podem ver, arranjei este pequeno aqui! Então estou de licença-maternidade — disse Yukari.

Então chegou a minha vez.

— Continuo trabalhando numa konbini. Minha saúde... — comecei, como sempre, a usar a desculpa inventada pela minha irmã.

Mas antes que eu pudesse terminar, Eri me interrompeu:

— Puxa, trabalhando para ajudar nas contas? Quando foi que você se casou? — concluiu ela, como se fosse óbvio.

— Não, não me casei! — respondi.

— Ué, então por que está trabalhando com isso? — surpreendeu-se Mamiko, confusa.

— Há, sabe como é... minha saúde...

— É que a saúde de Keiko não é muito boa, pessoal. Por isso ela trabalha lá — Miho veio em meu socorro.

Fiquei grata por ela mentir em meu lugar. Mas o marido de Yukari não se convenceu:

— Ué, mas nesse trabalho você não tem que ficar em pé o dia todo? Você faz isso mesmo com a saúde frágil? — perguntou ele, desconfiado.

Eu nunca tinha visto aquele homem na vida. Será que minha existência era tão questionável a ponto de ele ter que se debruçar e franzir a testa daquela maneira?

— Bem, é que... Não tenho experiência em outros empregos, então é mais fácil, física e emocionalmente, continuar na konbini.

Ele arregalou os olhos como quem vê uma aparição.

— Mas, para sempre? Escuta, entendo que pode ser difícil arrumar um trabalho, mas é melhor você se casar, pelo menos. Agora existem até sites de relacionamento, não é?

O homem falou com tanto ímpeto que gotas de saliva voaram da sua boca e caíram sobre a carne do churrasco.

Fiquei pensando que não era boa ideia falar debruçado sobre a comida daquela maneira. Então o marido de Miho também se manifestou, concordando enfaticamente.

— É mesmo! Melhor você arranjar um marido, qualquer um. As mulheres têm muita sorte nessas coisas. Se você fosse homem, já era.

— Por que você não apresenta alguém para ela, Yoji? Você conhece tanta gente! — sugeriu Satsuki.

Miho e as outras também se animaram:

— Boa ideia!

— Você não conhece ninguém?
O marido de Miho cochichou alguma coisa no ouvido da esposa e falou com um sorriso amarelo:
— Puxa, é que todos os meus amigos já são casados! Não tenho ninguém para apresentar.
— E se você se inscrever num desses sites que apresentam pessoas que buscam casamento? Já sei, vamos aproveitar e tirar uma foto para você usar! Dizem que nesses sites é bom usar fotos assim, junto de muita gente. Fazem mais sucesso do que as *selfies*.
— Isso, boa ideia! — disse Miho.
— É, não perca essa oportunidade — incentivou o marido de Yukari, sem conter o riso.
— Oportunidade? Isso seria bom para mim, então? — perguntei.
Ele me olhou com uma expressão desorientada.
— Ué, quanto mais cedo, melhor, não? Desse jeito não dá para você continuar... No fundo, você deve estar ficando aflita, não é? Afinal, se passar muito da idade, não vai mais dar tempo...
— "Desse jeito"... Quer dizer que não posso continuar vivendo assim? Por quê?
Eu estava apenas perguntando, com sinceridade, mas pude ouvir o marido de Miho murmurar baixinho:
— Eita...
— Também estou ficando aflita, o problema é que viajo muito para o exterior, a negócios... — justificou-se Miki, também solteira.

— Ah, mas você tem uma carreira incrível, Miki! — apoiou o marido de Yukari. — Além do mais, você ganha mais do que a maioria dos homens. No nível que você está, difícil é achar um partido à altura...

— A carne está pronta, pessoal! — anunciou Miho, animada, para contornar a situação.

Aliviados, todos encheram os pratos e se puseram a comer a carne sobre a qual caíra a saliva do marido de Yukari.

Foi como aquela vez, no primário. Quando me dei conta, todos se afastavam e me davam as costas. Apenas seus olhares continuavam se movendo em minha direção, com a curiosidade de quem observa um animal misterioso.

Ah, sou um ente estranho aqui.

Lembrei-me de Shiraha, que fora obrigado a deixar a konbini. Será que eu seria a próxima?

O padrão do mundo é compulsório e os corpos estranhos são eliminados sem alarde. Os seres humanos fora do padrão acabam sendo retificados.

Então é por isso que eu preciso me curar! Se não fizer isso, serei eliminada pelas pessoas normais...

Finalmente, compreendi por que minha família sempre se esforçara tanto para que eu ficasse boa.

No caminho de volta da casa de Miho passei na konbini, pois queria ouvir o seu som.

— Olá, Furukura! O que houve?

A estudante do ensino médio que trabalha no turno da noite limpava o chão e sorriu ao me ver.

— Hoje não era sua folga?

— Era, sim, estou voltando da cidade dos meus pais. Mas pensei em já adiantar os pedidos...

— Uau, que dedicação!

Na sala dos funcionários, encontrei o gerente, que havia chegado cedo para o seu turno.

— Gerente, o senhor vai trabalhar hoje à noite?

— Oi, Furukura! Aconteceu alguma coisa?

— Estava aqui perto, voltando de um compromisso, então resolvi aproveitar para fazer as encomendas...

— Ah, dos doces? Eu preenchi o pedido agora há pouco, mas pode mudar, se quiser.

— Está bem, obrigada!

O gerente parecia cansado, não devia estar dormindo muito bem.

— Como vão as coisas na madrugada? Vão conseguir contratar mais gente?

— Ih, está difícil, viu! Um homem veio fazer entrevista, mas não passou. Depois dessa dor de cabeça com Shiraha, precisamos de alguém que seja útil de verdade.

O gerente usa muito essa palavra, "útil", o que sempre me leva a questionar se caibo nela ou não. Talvez eu trabalhe só para poder ser uma ferramenta útil.

— Como ele era?

— Ah, não era má pessoa, o problema é a idade... Já é aposentado e acabou de sair de outra konbini por ter machucado as costas. Então, queria poder faltar ao trabalho aqui quando tivesse uma crise de coluna. Se ele conseguisse avisar com antecedência não teria problema, mas se for para contratar alguém que vá faltar sem aviso, é melhor eu mesmo continuar vindo à noite...

— É verdade. Nos serviços braçais, se você perde a saúde, deixa de ser útil. Por mais dedicada e séria que eu seja, quando meu corpo envelhecer, talvez eu não tenha mais utilidade para a loja.

— Ah, Furukura. Será que você poderia trabalhar no próximo domingo, só durante a tarde? Sugawara terá um show e não poderá vir...

— Posso, sim!

— Jura? Ótimo!

Ainda sou uma ferramenta útil. Senti nas entranhas uma mistura de alívio e apreensão e complementei sorrindo, com a voz de Sugawara:

— Imagine, fico até feliz, porque estou precisando de dinheiro!

Foi por acaso que reparei em Shiraha, na rua da loja.

À noite, voltando para casa, vi uma sombra encurvada se movendo em um canto de um prédio de escritórios já vazio. Apertei os olhos e me aproximei, ao lembrar-me de quando era criança e costumava brincar com as sombras. Quando cheguei perto, percebi que era Shiraha tentando se esconder, encolhido timidamente no escuro.

Ele devia estar esperando aquela cliente cujo endereço tentara descobrir. O gerente comentou que ela passava na konbini todos os dias depois do trabalho para comprar frutas secas, e que Shiraha sempre ficava matando o tempo na sala dos funcionários para encontrá-la.

Dei a volta sem que ele percebesse.

— Shiraha, desse jeito vão acabar chamando a polícia, hein! — falei por trás dele.

Ele teve um sobressalto tão violento que até eu me assustei também. Depois, quando viu quem era, fechou a cara.

— Ah, é você, Furukura...

— Está de tocaia? Assediar clientes é a pior coisa que um funcionário pode fazer.

— Eu não trabalho mais na konbini.

— Mas eu trabalho. E, como funcionária, não posso fazer vista grossa. O gerente já te deu uma advertência, não foi? Ele está na konbini, posso ir chamá-lo!

Shiraha endireitou a coluna e me olhou do alto. Pelo jeito, na minha frente ele conseguia bancar o durão.

— O que um pau-mandado da ralé como ele, um escravinho de empresa, vai fazer? Não fiz nada de errado. Um homem vê uma mulher do seu gosto, a escolhe como parceira e a conquista. Há séculos que as coisas são assim!

— Outro dia você disse que os homens bem-sucedidos são os que conseguem conquistar as mulheres, não disse? Está sendo incoerente...

— No momento estou desempregado, é verdade, mas sou um visionário! Quando começar meu empreendimento serei muito popular, as mulheres vão se jogar em cima de mim.

— Nesse caso, não faria mais sentido primeiro você fazer isso e se tornar popular? Aí é só escolher uma das mulheres que se jogarem em cima de você.

Shiraha baixou os olhos, desconfortável.

— Seja como for, o mundo continua igual ao período Jomon! Só não vê quem não quer. Nós não passamos de animais — desconversou ele. — A questão, se você quer saber, é que este mundo não está funcionando direito. É por isso que sou tratado dessa maneira, porque o mundo está errado.

Talvez isso seja verdade, pensei. Mas, por outro lado, eu não conseguia imaginar um mundo que funcionasse à perfeição. Para começo de conversa, eu tinha cada vez mais dúvidas sobre o que constituía "o mundo". Chegava a desconfiar de que ele fosse fictício.

Ao ver que eu continuava calada, Shiraha cobriu de repente o rosto com as mãos. Esperei, achando que fosse um espirro, mas depois percebi que ele tinha começado a chorar, pois escorriam gotas por entre seus dedos. Seria gravíssimo se um cliente nos visse naquela situação.

— Vamos sentar em algum lugar?

Peguei o seu braço e o puxei até um restaurante de fast-food ali perto.

— Este mundo não aceita nada que seja diferente. É por isso que eu sempre sofri tanto — abriu-se Shiraha, enquanto tomava um chá de jasmim do balcão de bebidas do restaurante.

Eu é que havia preparado o chá, ao ver que ele continuava sentado em silêncio, sem se mover. Quando pus a xícara à sua frente, ele bebeu sem me agradecer.

— Todo mundo precisa se encaixar no padrão, tem que caminhar sempre no mesmo passo. "Você já tem mais de trinta anos, o que está fazendo nesse trabalho temporário?" "Por que nunca teve uma namorada?" As pessoas se metem até na minha vida sexual, perguntam impassíveis se eu já tive relações ou não! E ainda acrescentam, dando risada, "na zona não conta, hein?" Não incomodo ninguém. Faço parte de uma minoria, só isso. Mas é suficiente para que todo mundo se sinta no direito de me assediar e violentar.

Olhei para o rosto de Shiraha. Eu o considerava muito mais próximo de um predador sexual do que de uma vítima. Entretanto, vendo que ele ignorava o incômodo que causara às funcionárias e aos clientes e ouvindo-o usar tranquilamente a expressão "violentar" para ilustrar seu próprio sofrimento, percebi que se via como vítima e era incapaz de considerar que talvez ele próprio pudesse ser um algoz.

— Puxa, deve ser muito difícil — consolei-o um tanto indiferente.

Talvez para ele a autopiedade fosse um tipo de hobby.

Eu sentia um incômodo parecido com o de Shiraha, mas como não havia nada dentro de mim que eu quisesse particularmente proteger, não entendia por que ele ficava tão nervoso. *Bom*, pensei enquanto tomava minha água quente, *acho que a vida dele deve ser muito penosa...*

Eu não tinha colocado nenhum saquinho de chá na minha água quente, pois não sinto necessidade de tomar líquidos com sabor.

— Por isso, pretendo casar e viver uma vida que não dê margem para essa gente falar nada — continuou ele. — O bom seria arranjar uma mulher endinheirada, porque tenho um projeto de empreendimento on-line. Não vou contar exatamente o que é, senão depois alguém acaba roubando minha ideia... Mas o ideal é uma mulher que possa investir nisso. Depois que esse projeto fizer sucesso, e tenho certeza de que fará, ninguém mais vai me encher o saco.

— Ou seja... você odeia as pessoas que se intrometem nos seus assuntos pessoais, mas vai mudar toda a sua vida só para que elas parem de te perturbar?

Fiquei intrigada. Fazendo isso ele não estaria, no fim das contas, aceitando o mundo exatamente como ele é?

— É que já estou cansado...

— Viver cansado não é uma coisa racional — concordei. — Se basta você se casar para não ouvir mais reclamações, essa é a solução mais lógica e eficiente, de fato.

— Não fale assim, como se fosse simples! — disparou Shiraha, irritado. — Para os homens, as coisas não são tão fáceis. As pessoas continuam enchendo o saco mesmo depois que você se casa. Se você não estiver contribuindo para a sociedade, mandam você procurar um emprego. Se arranja um emprego, querem que ganhe bem. Se está ganhando bem, mandam você arranjar uma mulher e fazer filhos... Somos julgados a vida todinha. Para as mulheres é tudo muito fácil, não me ponha no mesmo saco que vocês!

— Ué, mas então o casamento não resolveria nada! Qual é o ponto?

Ele me ignorou e continuou com seu discurso inflamado.

— Li muitos livros de história para ver se descobria desde quando o mundo é errado desse jeito. Li sobre o período Meiji, no século XIX, sobre o período Edo, cheguei até Heian, há mais de mil anos, e o mundo já era errado. Mesmo no período Jomon, na pré-história! — Shiraha bateu na mesa, espirrando chá para fora da xícara. — Foi aí que eu compreendi. O mundo em que vivemos hoje não mudou desde aqueles tempos. Quem não contribui para a aldeia é eliminado. Os homens que não caçam, as mulheres que não têm filhos... As pessoas falam muito sobre a sociedade moderna, o individualismo, mas se alguém não se esforça para ser parte da aldeia é estorvado e pressionado por todo mundo e, no fim das contas, acaba expulso.

— Pelo visto você gosta bastante do período Jomon.

— Se eu gosto?! Eu odeio! O problema é que o mundo de hoje é o próprio período Jomon, escondido sob uma pelagem de modernidade! As mulheres da aldeia ficam todas em volta dos machos fortes, os que caçam presas grandes e que se casam com as mais lindas dali. Os homens que não caçam, ou os que tentam caçar mas são fracos e não pegam nada, são desprezados. O sistema continua exatamente igual!

— Sei...

Eu não tinha mais nada a dizer. Mas também não podia discordar totalmente do que ele dizia. Talvez o mundo fosse como a konbini, onde as pessoas vão sendo substituídas por outras, embora o cenário continue sempre o mesmo.

A fala da velha senhora ecoou na minha mente.

"As coisas nunca mudam!"

— Como você consegue ficar tão tranquila, Furukura? Você não sente vergonha?

— Vergonha? De quê?

— De trabalhar como temporária nessa idade, sem ter nenhum marido em vista! Mulheres como você, mesmo sendo virgens, já se tornam produtos de segunda mão. Produtos danificados. No período Jomon, as mulheres que não tinham mais idade para ter filhos não casavam mais, ficavam só vagando à toa, um peso para a aldeia. Eu, que sou homem, ainda posso dar a volta por cima, mas você já não tem mais salvação. Você não entende isso?

Depois de falar tão mal de quem o criticava, agora Shiraha se pusera a fazer o mesmo comigo, seguindo exatamente a mesma lógica e os mesmos valores. Não era muito coerente da parte dele. Mas talvez esse tipo de gente, que acha que está sendo violentada, se sinta um pouco melhor quando ataca outra pessoa do mesmo jeito.

Só aí Shiraha se deu conta de que o que bebia era chá de jasmim. Então, disse mal-humorado:

— Olha, na verdade eu queria um café.

Fui até o balcão self-service de bebidas, preparei um café e o coloquei à sua frente.

— Argh, que horror. O café desses lugares é sempre péssimo.

— Escuta, Shiraha. Se o seu objetivo é simplesmente o matrimônio, o que acha de ir ao cartório e registrar um casamento comigo? — propus, enquanto me sentava à mesa com minha segunda xícara de água quente.

— O quê?! — gritou ele.

— Se você se incomoda tanto com os palpites das pessoas mas não quer abandonar a aldeia, o melhor é casar de uma vez, não é? Não sei se isso ajudaria com a parte da caça, digo, do emprego, mas pelo menos devem parar de se intrometer na sua vida amorosa e sexual.

— Que história é essa, de repente? Ficou louca? Sinto muito, mas nem em um milhão de anos eu conseguiria ter uma ereção com você.

— Uma ereção? O que uma coisa tem a ver com outra? O matrimônio é uma questão burocrática, ereções são um fenômeno fisiológico.

Aproveitei que Shiraha tinha se calado e expliquei em detalhes.

— Talvez você tenha razão e o mundo continue igual ao período Jomon. Se uma pessoa não é útil para a aldeia, ela é malvista e evitada. Basicamente, é como a konbini. Quem não for útil para a konbini começa a ganhar menos turnos, até ser demitido.

— Como a loja de conveniência?

— A única maneira de permanecer na konbini é se tornar um Funcionário. Isso é muito fácil: basta vestir o uniforme e agir de acordo com o manual. Se o mundo é igual à pré-história, então é só proceder da mesma forma. Para não ser expulso da aldeia nem ser tratado como um inconveniente, basta vestir o manto de um ser humano padrão e agir de acordo com o que dita esse manual.

— Você não está fazendo sentido algum.

— Resumindo, basta atuar tal como esta criatura fictícia que existe dentro de todo mundo, o "Ser Humano Normal". Assim como na konbini, todos interpretam a criatura fictícia "Funcionário". É a mesma coisa.

— Mas viver desse jeito é um sofrimento! É justamente isso o que me angustia.

— Ué, agora mesmo você dizia querer adaptar toda a sua vida para cair nas graças das pessoas... Na hora H fica difícil, é isso? De fato, talvez a maneira mais íntegra de lidar com seu sofrimento seja passar a vida encarando o mundo de frente, lutando pela sua autonomia.

Shiraha não parecia ter nada a acrescentar, pois continuou apenas fitando seu café.

— Então, se é assim tão difícil, você não precisa se forçar a viver atuando. É que eu, diferente de você, não me importo tanto com as coisas. Não tenho muita vontade própria, então não me incomodo de obedecer às diretrizes da aldeia.

Eliminar da própria vida tudo o que as pessoas acham esquisito ou curioso. Talvez seja esse o caminho para eu me curar.

Nas últimas duas semanas, me perguntaram catorze vezes por que não me casei e doze vezes por que eu trabalhava como temporária numa konbini. Concluí que seria uma boa ideia começar eliminando o problema que fora mencionado mais vezes.

No fundo, eu desejava alguma mudança. Fosse para melhor ou pior, a essa altura já me parecia que qualquer coisa seria preferível àquele impasse. Shiraha não respondeu, continuou encarando com uma expressão compenetrada a superfície negra do café, como se quisesse perfurá-la com os olhos.

Se eu fazia menção de ir embora, Shiraha me segurava dizendo alguma coisa vaga sobre como precisava pensar mais um pouco, e assim o tempo foi passando.

Pelo que me contou, pude compreender, de pouco em pouco, que ele dividia um apartamento com alguém, mas, por não pagar o aluguel, acabou sendo praticamente chutado para fora. Em outros tempos, ele costumava voltar para a casa dos pais em Hokkaido quando esse tipo de coisa acontecia. Mas desde que seu irmão mais novo se casara, havia cinco anos, e a casa dos pais fora reformada para abrigar o novo casal e um sobrinho, ele não se sentia mais confortável lá. A cunhada tinha grande antipatia por Shiraha e, por culpa dela, ele não conseguia mais pegar dinheiro emprestado da família com a mesma facilidade.

— Tudo desandou depois que aquela mulher começou a se meter nos nossos assuntos. Ela não passa de uma parasita do meu irmão, mas fica perambulando pela casa com ares de senhora... Desgraçada!

Essas reminiscências rancorosas não terminavam nunca. A certa altura, eu mal absorvia suas palavras, apenas olhava para o relógio.

— Daqui a pouco vai dar onze horas e amanhã eu trabalho... Desse jeito não vou dormir o suficiente. O segundo gerente nos ensinou que o dinheiro que recebemos por hora inclui a responsabilidade de cuidar da saúde para chegar à konbini sempre com disposição — eu disse. E emendei: — Olha, Shiraha... se é assim, você não quer vir para a minha casa? Você pode ficar lá se quiser, só precisa me pagar pela comida.

Pelo visto ele não tinha para onde ir e, se eu deixasse, ficaria ali agarrado ao balcão de chás e cafés até o amanhecer. Cansei daquela situação e o arrastei até minha casa, enquanto ele resmungava qualquer coisa em protesto.

Só percebi depois de entrarmos em casa e eu me aproximar dele que Shiraha estava cheirando mal como um mendigo. Achei que o melhor era que ele tomasse logo um banho e o empurrei à força para dentro do banheiro, com uma toalha. Só respirei aliviada ao ouvir o som do chuveiro vindo de lá.

Shiraha passou tanto tempo no banho que eu quase caí no sono enquanto esperava. Até que me ocorreu, de repente, ligar para minha irmã.

— *Alô?*

Faltava pouco para a meia-noite. Pelo jeito, ela ainda estava acordada.

— Oi, desculpe ligar a esta hora. Você está ocupada com Yutaro?

— *Não, tudo bem. Ele está dormindo pesado e eu estava relaxando um pouco. O que houve?*

Imaginei meu sobrinho dormindo dentro da mesma casa que ela. A vida da minha irmã avançava. Afinal, ela tinha ao seu lado uma criatura que até havia pouco não existia. Assim como minha mãe, minha irmã também devia esperar por alguma mudança na minha vida. Resolvi fazer um experimento:

— Não sei se era o caso de ligar no meio da noite para contar isto, mas... É que, na verdade, estou com um homem aqui em casa.

— *Quê?!*

Sua reação foi tão exaltada que soou como um soluço. Pensei em perguntar se ela estava bem, mas ela continuou, quase gritando:

— *É sério, Keiko? Não acredito! Como assim? Quando foi que isso aconteceu? Como ele é?*

— Não faz muito tempo... É um colega do trabalho — respondi, assombrada com tamanho entusiasmo.

— *Puxa, parabéns, que coisa boa!*

Fiquei um pouco desorientada por ela estar me parabenizando sem saber de nenhum detalhe.

— Você acha que é uma coisa boa?

— *Bom, não sei que tipo de pessoa ele é... mas fiquei feliz, porque você nunca tinha me contado nada assim! Tomara que dê tudo certo, estou na torcida!*

— Ah, é?

— *Se você está me contando... por acaso vocês já estão pensando em casamento ou coisa assim? Ai, desculpa, estou botando a carroça na frente dos bois, não é?*

Eu nunca tinha visto minha irmã tão radiante. Ouvindo sua voz exaltada, comecei a considerar que talvez não fosse tão desproposital afirmar que nosso mundo era apenas o período Jomon coberto por um manto de modernidade.

Quem diria... na verdade sempre houve um manual! Ocorre que ele já está tão bem gravado na mente de todo mundo que não há necessidade de imprimi-lo. Existe um padrão de Ser Humano Normal a seguir, o mesmo desde o período Jomon. Finalmente eu compreendi.

— *Ai, que bom, que alegria! Você já passou por tantas coisas na vida, já sofreu tanto... E agora encontrou alguém que te entende de verdade!*

Minha irmã estava ficando comovida com as próprias palavras. Só faltava afirmar que eu estava curada. Se a solução era tão simples assim, podiam ter me dado logo as instruções e tudo teria se resolvido sem tantos percalços...

Ao desligar, deparei-me com Shiraha, que acabara de sair do banho e estava parado em pé com um ar desconfortável.

— Ah, sim, você não tem roupas limpas para vestir... Pode usar este uniforme antigo da konbini, eles me deram quando mudaram o design. Deve servir, é unissex.

Shiraha hesitou um pouco, mas vestiu o casaco verde diretamente sobre a pele. Era curto para os seus braços compridos, mas com certo esforço ele conseguiu fechar o zíper. Entreguei-lhe também uma bermuda de moletom que usava para ficar em casa, pois ele continuava apenas com a toalha enrolada na cintura.

Não podia imaginar há quanto tempo ele não tomava banho, mas a cueca e as roupas largadas no chão exalavam um odor peculiar. Enfiei tudo na máquina de lavar e disse a ele que se sentasse onde preferisse. Então, timidamente, acomodou-se no meio da sala.

Meu apartamento, uma quitinete pequena com piso de tatame, é uma construção antiga, do tipo em que o lavabo com vaso sanitário é separado do banheiro com chuveiro e ofurô. O exaustor não funciona muito bem, por isso um vapor abundante saía do banheiro e se espalhava pelo ambiente.

— Ficou meio abafado aqui, quer que eu abra a janela?

— Há? Não precisa...

Shiraha estava inquieto. Volta e meia fazia menção de se levantar e mudava de posição.

— Se quiser usar o lavabo, é ali. Mas se for fazer o número dois, dê descarga com vontade, pois ela não é muito forte.

— Ah, não, tudo bem.

— Você não tem para onde ir, tem? Disse que foi praticamente expulso do apartamento que dividia.

— É.

— Sabe, eu estava pensando... Talvez seja conveniente ter você aqui em casa. Experimentei ligar para a minha irmã e contar que você estava aqui e ela ficou muito feliz por mim, inventou sozinha toda uma história elaborada. Aparentemente, basta um homem e uma mulher estarem sob o mesmo teto para que a imaginação das pessoas corra solta. Mesmo sem conhecer os fatos, elas já se contentam com as próprias confabulações.

— Você contou para sua irmã? — perguntou Shiraha, perplexo.

— Ah, quer um café ou um refrigerante? São as latas amassadas que eu comprei hoje, então não estão geladas...

— Latas amassadas?

— Não te explicaram sobre isso? São as latas que acabaram amassadas e não podem ser vendidas na konbini. Fora isso, só tem leite e a água quente da chaleira elétrica.

— Aceito uma lata de café.

Na minha casa só há uma pequena mesa de centro dobrável. O futon onde durmo costuma ficar estendido no meio da quitinete, mas para liberar espaço eu o enrolei e o empurrei para o lado da geladeira. Também havia mais um conjunto de futon dentro do armário, para quando minha irmã ou minha mãe viessem me visitar e passar a noite.

— Se você não tem para onde ir, pode dormir aqui. Tenho mais um futon. O apartamento é pequeno, mas pode ficar à vontade.

Shiraha se agitou novamente.

— Dormir aqui? É que eu... eu sou uma pessoa muito meticulosa, então... — disse ele, baixinho. — Preciso de tempo para me preparar para essas coisas...

— Ah, se você gosta de limpeza, vai se incomodar um pouco com esse futon. Está guardado há bastante tempo, sem tomar ar. Além disso, este apartamento é meio velho, volta e meia aparecem baratas...

— Não, quero dizer... Eu não ligo para essas coisas, o apartamento que eu dividia também não era particularmente limpo. É que, como homem, preciso evitar situações comprometedoras, sabe... Você está me parecendo bem desesperada, até já ligou para sua irmã!

— Fiz alguma coisa que não devia? Eu só liguei para ver como ela iria reagir...

— Pois é, chega a dar medo! Já vi várias histórias assim na internet, mas não sabia que essas mulheres existiam de verdade... Quando vêm se atirando desse jeito, dá até aflição!

— Como é que é? Olha, achava que você estivesse em apuros, sem ter para onde ir. Mas se é assim tão inconveniente para você, pode ir embora, sem problemas. Ainda não liguei a máquina de lavar, é só pegar suas roupas e sumir.

Shiraha não respondeu direito, só murmurou qualquer coisa como "ah, veja bem" ou "também não é para tanto". Desse jeito, a conversa não chegaria a lugar nenhum.

— Desculpe, mas vou dormir. Já está muito tarde. Se você quiser ir embora, fique à vontade. Se quiser dormir, pegue os futons e durma. Amanhã trabalho o dia todo, e aprendi há dezesseis anos, com o segundo gerente, que o salário que recebemos por hora inclui os cuidados pessoais para chegar à konbini sempre com grande disposição. Sendo assim, preciso de uma boa noite de sono antes de entrar no trabalho, entende?

— Na konbini?...

Shiraha pareceu confuso, mas se eu desse atenção a ele, aquilo se arrastaria até a manhã, então estendi meu futon sobre o chão.

— Estou cansada, então vou tomar banho amanhã. Talvez faça um pouco de barulho pela manhã, ok? Boa noite.

Escovei os dentes, programei o despertador, deitei sob as cobertas e fechei os olhos. Às vezes ouvia Shiraha fazendo algum barulho, mas aos poucos o som da konbini dentro da minha cabeça foi ficando mais forte, até que caí no sono.

Quando acordei na manhã seguinte, Shiraha dormia com metade do corpo enfiado dentro do *oshiire*[5], e não acordou nem quando fui tomar banho.

Deixei um bilhete pedindo para que ele deixasse a chave na caixa de correio, caso saísse, e segui para o trabalho para chegar às oito horas, como sempre.

Pela maneira com que Shiraha falara, achei que ele não tivesse intenção nenhuma de permanecer na minha casa, então pensei que não o encontraria à noite. Mas ele continuava lá quando voltei.

Com os cotovelos fincados sobre a mesa, ele bebia uma lata amassada de refrigerante de uva verde, fitando o nada.

— Oi. Você ainda está aí?

Ele teve um sobressalto.

— Pois é...

— Hoje minha irmã me mandou mensagens o dia todo. Ela nunca tinha ficado tão animada com alguma notícia da minha vida.

— Claro que ficou animada! Ela sabe que, para uma mulher da sua idade, que já está virando mercadoria de segunda mão, mesmo sem ter perdido a virgindade, até o fato de morar junto com um homem qualquer é

---

5. Amplo armário embutido com portas de correr, bastante comum nas residências japonesas, geralmente utilizado para guardar futons. Sua base acompanha o nível do chão e o espaço interno costuma ser cerca de 170 cm de largura por 80 cm de profundidade. [N.T.]

mais razoável do que ficar só trabalhando numa loja de conveniência para sempre.

    Shiraha já recuperara seu tom usual, não estava mais desnorteado como na noite anterior.

    — Ah... Então o jeito como eu vivo não é mesmo muito razoável?

    — Presta atenção. Se você não contribui para a aldeia, não tem direito a privacidade. Todo mundo pode invadir sua vida e pisar em você como bem entender. Quem não é útil de alguma maneira, seja casando e fazendo filhos ou indo caçar e ganhando dinheiro, é como um herege. Qualquer um da aldeia pode interferir na vida dessas pessoas.

    — Sei...

    — Você precisa se enxergar, Furukura. Sinceramente, você é a personificação da ralé. Seu útero já deve ter passado da validade, e, com uma aparência dessas, você não serve nem para aliviar o desejo sexual de ninguém. Poderia compensar isso ganhando tanto dinheiro quanto um homem, mas também não é o caso. Longe disso, nem emprego fixo você tem, só trabalha como temporária, recebendo por hora. Sinceramente, você é só um peso para a aldeia, um lixo humano.

    — Entendi. O problema é que eu não sirvo para trabalhar em outro lugar que não seja na konbini. Até cheguei a tentar, mas a única máscara que me serve é esta, de funcionária de konbini. Então não adianta você me dizer tudo isso, não posso fazer nada.

— É por isso que digo que o mundo de hoje não funciona direito. Ficam ladrando por aí frases de efeito sobre a diversidade dos estilos de vida ou coisa que o valha, sendo que no fundo tudo continua igual à pré-história. E, para piorar, com a taxa de natalidade caindo, a vida fica cada vez mais puxada, não é? Como no período Jomon. Do jeito que as coisas estão, quem não é útil à aldeia é atacado por todos os lados.

No começo, Shiraha estava me xingando, mas agora tinha voltado sua fúria para a sociedade. Era difícil saber com o que ele estava bravo. Talvez quisesse apenas bater em algo com suas palavras, qualquer coisa que estivesse ao seu alcance.

— Olha, eu tinha achado sua proposta meio despropositada, mas até que não é de todo mal. Posso quebrar esse galho para você. Se eu ficar aqui na sua casa, as pessoas vão olhar com certo desprezo, nos ver como dois pobretões se escorando um no outro, mas acho que ficarão satisfeitas. Do jeito que as coisas estão, você não faz sentido, entende? Alguém que não se casa nem trabalha não tem valor para o mundo. Esse tipo de gente logo acaba sendo descartado.

— Sei...

— No momento estou à procura de uma esposa, e você está muito aquém do meu ideal. Com você, eu não poderia começar meu empreendimento porque seu salário na konbini é uma miséria... Ao mesmo tempo, uma mulher como você também não serve para aliviar minhas necessidades sexuais. — Shiraha tomou o resto de refrigerante num único gole, como quem vira um drinque. — Mas, bem... nossos interesses se complementam. Então posso te fazer esse favor.

— Sei...

Tirei uma bebida de chocolate com melão da sacola de papel onde trouxera mais algumas latas amassadas e a entreguei a ele.

— E para você, qual seria a vantagem nesse acordo?

Shiraha passou algum tempo calado, depois disse em voz baixa:

— Quero que você me esconda.

— Oi?

— Quero que me esconda do mundo. Pode falar sobre mim e usar o fato de eu estar na sua casa como quiser, não me importo. Mas quero ficar aqui dentro, escondido. Não aguento mais esses desconhecidos se intrometendo na minha vida. — Shiraha abaixou o rosto e tomou um gole da bebida. — É só eu pôr o pé para fora que todos me assediam. "Se você é homem, tem que trabalhar!" "Arranje uma esposa!" "Se é casado, tem que ganhar mais!" "Tenha filhos!" É como se eu fosse um escravo da aldeia. O mundo quer me obrigar a trabalhar a vida inteira. Até meus testículos são propriedade deles. Sou tratado como se estivesse desperdiçando esperma, só por nunca ter feito sexo.

— Deve ser muito penoso mesmo.

— O seu útero também é da aldeia, viu? Só não dão atenção a ele porque acham que já não presta. Não pretendo fazer mais nada, pelo resto da vida. Até morrer, quero só ficar respirando, sem ser importunado. É tudo o que peço.

Shiraha juntou as mãos como se rezasse.

Avaliei se a presença dele seria vantajosa para mim. Minha mãe e minha irmã estavam começando a ficar cansadas por eu não me curar. Eu também estava cansada. Sentia que qualquer mudança, para o bem ou para o mal, seria melhor do que continuar na mesma situação.

— Minha vida não é tão penosa quanto a sua, mas a verdade é que desse jeito vai ser difícil continuar trabalhando na konbini. Sempre que entra um novo gerente, sou questionada por que nunca trabalhei em outro lugar. Invento alguma desculpa, mas sempre me olham torto, então eu andava justamente procurando uma boa justificativa. Talvez você seja a resposta.

— As pessoas vão ficar satisfeitas só de saber que estou aqui. Para você, há apenas vantagens nesse acordo.

Shiraha estava muito autoconfiante. Ele insistia tanto que chegava a parecer suspeito, apesar de a ideia inicial ter sido minha. Porém, pensei no comportamento inédito da minha irmã, lembrei-me da expressão das minhas amigas quando contei que nunca tivera um relacionamento, e concluí que valia a pena arriscar.

— É um acordo, mas você não precisa me remunerar. Basta me deixar ficar aqui e me alimentar.

— Sei... Bom, como você não tem renda, também nem adiantaria eu tentar cobrar alguma coisa. Não posso oferecer dinheiro porque sou pobre, mas ração eu posso te dar.

— Ração?

— Opa, desculpe. É a primeira vez que tenho uma criatura em casa, então estava pensando como um bicho de estimação.

— Certo... acho que pode ser. — Shiraha ficou um pouco incomodado com minha escolha de palavras, mas concordou. — Falando nisso, não comi nada desde que acordei.

— Ah, sim. Tem arroz no congelador e alimentos cozidos na geladeira, quando quiser, pode comer.

Dispus os pratos sobre a mesa. Legumes cozidos com um pouco de shoyu e arroz branco. Shiraha encarou a comida de cenho franzido.

— O que é isso?

— Arroz, nabo, broto de feijão e batata.

— Você sempre come coisas assim?

— Assim como?

— Isso aqui não é uma refeição de verdade.

— Eu fervo as coisas e como. Não faço muita questão de sabor, mas quando quero um pouco de sal, coloco shoyu.

Expliquei com calma, porém ele não pareceu compreender e começou a comer ainda de cara amarrada.

— Isto aqui parece ração, mesmo — resmungou, desgostoso.

Foi o que eu disse que era, pensei enquanto espetava um pedaço de nabo com o garfo e o levava à boca.

Quando concordei que Shiraha ficasse em casa, temi estar espontaneamente abrindo as portas para um aproveitador, mas me surpreendi ao ver que ele tinha razão.

Não demorou para que eu percebesse como era conveniente tê-lo em casa.

A segunda vez que comentei sobre ele, depois de contar à minha irmã, foi em uma reunião na casa de Miho. Estávamos comendo bolo quando mencionei, de passagem, que tinha um homem em casa.

Elas reagiram com uma alegria tão descontrolada que me perguntei se teriam ficado loucas.

— O quê?! Quando foi que isso aconteceu?! Como assim?

— Como ele é?

— Ah, que maravilha! Eu estava ficando preocupada com você... Que ótima notícia!

Eu só agradecia, perplexa diante de tamanho entusiasmo.

— Conta mais! Ele trabalha com quê?

— Com nada. Disse que tem um projeto para um empreendimento on-line, mas parece que é só da boca para fora... Ele só fica em casa, sem fazer nada.

Todas mudaram de expressão e se inclinaram para participar da conversa.

— Ai, conheço esse tipo de homem! Às vezes são os mais carinhosos e gentis, né... Tenho uma amiga que também se encantou por um desses, vendo de fora a gente não entende!

— Uma amiga minha, depois de se envolver com um homem casado, acabou se apaixonando por um cara desses, que só queria se aproveitar dela... Se ele cuidasse das tarefas domésticas ainda dava para dizer que era dono de casa, mas nem isso ele fazia! Só que aí ela ficou grávida e ele mudou completamente, acredita?

— Ah, é? Nesses casos, a melhor coisa é engravidar.

Todas não paravam de tagarelar, certas de que já tinham entendido tudo. Pareciam mais felizes do que daquela outra vez, quando eu contara nunca ter namorado. Antes, quando me viam como alguém que nunca se apaixonara nem fizera sexo, e que não tinha um emprego decente, às vezes elas me tratavam como uma criatura incompreensível. Agora, sabendo que eu tinha um homem sob meu teto, já estavam a um passo de prever meu futuro.

Ouvindo-as discorrerem sobre mim e Shiraha, eu me sentia como se falassem sobre desconhecidos. Era como se já existisse dentro delas uma narrativa pronta, sem nenhuma relação comigo, na qual acontecia de ter dois personagens cujos nomes apenas coincidiam com os nossos.

Qualquer coisa que eu tentasse dizer, elas me interrompiam, animadíssimas:

— Olha, é melhor você prestar atenção nos nossos conselhos, hein?

— Isso mesmo, você é principiante nesse assunto, Keiko! A gente já está careca de ver esse tipo de homem!

— Miho, você também teve um caso com um desses quando era jovem, não foi?

Então achei melhor não dizer nada e só responder ao que me perguntavam.

Por pouco elas não anunciavam que, finalmente, eu havia entrado para a turma. Pareciam estar comemorando minha chegada ao *lado de cá*.

Ah, então até agora eu não estava do mesmo lado que elas... Essa constatação atravessou meu peito. Elas seguiam conversando animadas, lançando perdigotos, e eu me limitava a dizer, alegre, com o tom de voz de Sugawara:

— Puxa, é mesmo?

Desde que passei a criar Shiraha, meu trabalho na konbini ia de vento em popa. Talvez eu precisasse fazer mais turnos, às sextas e aos domingos, para cobrir os gastos com comida. Pensar nisso fazia meu corpo se encher de energia.

Arrumei as latas de lixo diante da konbini e fui para a sala dos fundos, onde encontrei o gerente encerrando o turno da madrugada. Ele estava justamente organizando a grade daquela semana, então perguntei de modo casual:

— Tem algum horário livre na sexta ou no domingo? Estou querendo juntar um pouco de dinheiro, então, se pudesse pegar mais turnos, seria ótimo!

— Puxa, Furukura, tem certeza? Só você para ter uma disposição dessas! Pode ser, mas preciso te dar pelo menos um dia de folga na semana, por lei, sabe? Você pode ver em outras konbinis, todas precisam de pessoal!

— Seria ótimo!

— Mas tome cuidado com a saúde, hein? Ah, aqui está seu holerite deste mês.

Enquanto eu guardava o papel que o gerente me entregara, ouvi-o resmungar consigo mesmo:

— Ai, preciso entregar o de Shiraha... Também tem as coisas que ele largou dentro do armário, mas não estou conseguindo falar com ele.

— Ué, o celular dele não está funcionando?

— Toca, mas ele não atende... De fato, não dá para contar com esse cara. Isso porque eu avisei que não podia deixar pertences pessoais aqui! Mesmo assim ele lotou o armário de tralha.

Fiquei preocupada, pois no dia seguinte começaria um novo funcionário, então tínhamos que esvaziar o armário logo.

— Quer que eu leve? — deixei escapar.

— Levar? Para Shiraha? Não vá me dizer que você ainda tem contato com ele? — quis saber o gerente, surpreso.

Logo me arrependi de ter tocado no assunto, mas fiz que sim com a cabeça.

Shiraha me disse que eu podia falar sobre ele à vontade com quem não o conhecia, com a ressalva de que não mencionasse nada na loja.

"Quero que você me esconda de todo mundo que me conhece. Eles vão querer se intrometer na minha vida, sendo que não estou incomodando ninguém... Só quero ficar aqui quieto, respirando."

Ele murmurara esse pedido como se falasse sozinho. Eu estava me lembrando disso quando ouvi, pelas câmeras de segurança, o sino da porta da konbini.

Olhei de relance para o monitor e vi vários homens entrarem e se espalharem pela konbini. No caixa estava apenas Tuan, o novo rapaz que começara na semana anterior, então me apressei para ajudá-lo. Porém, o gerente me conteve com um grito animado:

— Ei, está achando que vai fugir, é?

— Tenho que ir antes que forme fila! — expliquei, apontando para o monitor, e corri para o caixa.

Quando cheguei, já havia três pessoas esperando enquanto Tuan se esforçava, aflito, em resolver algum problema.

— Como uso isto aqui?

Ele estava tentando validar um cupom de desconto.

— Quando você usa esse tipo de cupom, pode sobrar troco — expliquei, enquanto apertava os botões rapidamente. — Então devolva este valor para o cliente, está bem?

Em seguida, corri para a outra caixa registradora.

— Caixa livre! Desculpe a demora.

O cliente seguinte se aproximou, um pouco irritado.

— Esse cara é novo? Estou com pressa, sabe...

— Sinto muito, senhor! — exclamei, abaixando a cabeça.

Como Tuan ainda não estava acostumado com o serviço, Izumi devia estar supervisionando seu trabalho. Porém, sua concentração estava voltada às encomendas de mais bebidas de caixinha e ela não reparou quando o caixa encheu.

Depois que o movimento finalmente acalmou, percebi que ainda não havia nenhum espetinho de frango empanado pronto, apesar de a promoção de espetinhos estar começando, então corri de volta para a sala dos fundos.

Lá, encontrei o gerente e Izumi conversando animados.

— Hoje a meta é vender cem espetinhos de frango, não é? — disse a eles. — Ainda não tem nenhum pronto para o horário de pico do almoço! E também não penduramos as placas da promoção!

Eu tinha certeza de que os dois ficariam aflitos com a notícia e se poriam em ação. Mas, em vez disso, Izumi se aproximou de mim, curiosa:

— Furukura, é verdade que você está namorando Shiraha? Quero saber tudo!

— O quê? E os espetinhos, Izumi?

— Menina, quando foi que isso aconteceu? Acho que vocês supercombinam! Quem foi que tomou a iniciativa? Foi ele?!

— Ih, ela ficou com vergonha, Izumi! Não quer contar nada! Temos que marcar um bar um dia desses... chame Shiraha, Furukura!

— Gerente, Izumi, os espetinhos de frango!

— Nem tente desconversar, conte tudo para gente!

— Não estamos namorando — gritei, irritada. — Ele está lá em casa, só isso! Esqueçam essa história. Vocês entenderam que não há um único espetinho de frango pronto?

— Caramba, vocês estão morando juntos?! — berrou Izumi.

— É sério? — exclamou, alegre, o gerente.

Era inútil tentar conversar. Peguei o quanto consegui de espetinhos no congelador e corri para o balcão.

Eu estava chocada com o comportamento dos dois. O que será que deu neles? Para quem trabalha numa konbini, uma fofoca sobre uma funcionária e um ex-funcionário não poderia ser mais importante do que uma promoção de espetinhos, de 130 por 110 ienes!

Tuan me viu chegando transtornada, abraçada aos espetinhos, e veio correndo ao meu encontro.

— Uau! Vamos fazer tudo isso? — perguntou, com seu sotaque um pouco acentuado.

— Vamos, sim! Hoje é o dia da promoção de espetinhos. A meta da konbini é vender cem unidades, e na promoção anterior chegamos a noventa e um! Desta vez, a gente consegue. Sawaguchi, do noturno, preparou várias decorações especiais para isso. Vamos nos unir numa só voz e vender espetinhos! Hoje esse é o assunto mais importante desta loja.

Por algum motivo, minha voz começou a ficar embargada enquanto eu falava. Tuan não conseguiu acompanhar todas as palavras que eu disparei e perguntou, confuso:

— "Numa só voz"?

— Vamos trabalhar todos juntos! Tuan, prepare tudo isso, agora mesmo!

— Puxa vida, são tantos! — comentou ele, e se pôs a preparar os salgados com seus movimentos hesitantes.

Corri para a vitrine de fast-food para colocar a placa que dizia "Nosso famoso espetinho, suculento e crocante, por apenas 110 ienes! Não perca". Sawaguchi fizera duas horas extras para preparar essa decoração com esmero.

Depois, subi em uma pequena escada e pendurei no teto o enorme espetinho que ela fizera usando papelão e sulfite colorido. Ela tinha dito, enquanto preparava esses enfeites, que desta vez alcançaríamos a meta, com certeza.

Como funcionários da konbini, todos nós éramos companheiros e devíamos caminhar juntos para o mesmo objetivo! O que será que dera em Izumi e no gerente?

— *Irasshaimasê*, bom dia! A partir de hoje os espetinhos de frango saem por apenas 110 ienes cada! Aproveitem! — gritei, quando um cliente entrou na konbini.

Tuan, que arrumava os espetos fresquinhos na vitrine, juntou-se a mim.

— Que tal um es-pe-ti-nho?

O gerente e Izumi continuavam lá nos fundos. Tive a impressão de ouvir, ao longe, o riso dela.

— Está barato o espetinho, que taaal?

Mesmo sendo inexperiente e um pouco desajeitado, Tuan anunciava com entusiasmo a promoção. Naquele momento, ele era meu único e precioso companheiro.

Quando cheguei em casa, depois de passar no mercado e comprar broto de feijão, frango e repolho, não encontrei Shiraha.

Pensei que ele tivesse saído e pus os alimentos para ferver, mas ouvi um ruído vindo do ofurô.

— Ué, você estava em casa, Shiraha?

Abri a porta do banheiro e me deparei com ele sentado dentro do ofurô, totalmente vestido, assistindo a um vídeo no *tablet*.

— Por que está aí dentro?

— Primeiro experimentei ficar dentro do armário, mas apareceram uns bichos... Aqui não tem nenhum inseto e é bem tranquilo — respondeu Shiraha. — Hoje vai ter o mesmo cozido de sempre?

— Sim, estou preparando broto de feijão, frango e repolho.

— Ah, é? — disse ele, sem levantar os olhos. — Você demorou hoje. Estou com fome.

— É que, quando eu estava saindo, o gerente e Izumi me pegaram para conversar e não me deixaram ir embora.

O gerente estava trabalhando em plena folga dele, e mesmo assim ficou lá o dia todo... Queriam até que eu chamasse você para ir ao bar!

— Como? Quer dizer que você contou para eles sobre mim?

— Desculpe, deixei escapar. Ah, olha. Trouxe seu holerite e seus pertences.

— Sei... Então você contou... — Shiraha ficou em silêncio, apertando o *tablet* entre as mãos. — Pedi para você não comentar com eles, mas você acabou contando, não foi?

— Desculpe, não fiz por mal.

— Bom... quem vai sofrer por isso vai ser você mesma.

— Oi?

Encarei Shiraha, intrigada. Por que eu?

— Tenho certeza de que todos vão querer me arrastar para fora de casa para poderem brigar comigo. Mas eu não saio daqui de jeito nenhum. Vou continuar escondido. Aí a bronca vai sobrar para você, Furukura.

— Para mim?

— Todo mundo vai querer dar palpite na sua vida. "Por que você deixa esse homem desempregado morar na sua casa?" "Tudo bem que você queira trabalhar também, mas tem que ser numa konbini?" "Vocês não vão ter filhos?" "Arranje um emprego fixo." "Cumpra seu papel de mulher adulta..."

— Mas os colegas da konbini nunca me disseram esse tipo de coisa.

— Porque você era esquisita demais. Uma mulher de trinta e seis anos, solteira e provavelmente virgem, que apesar de aparentar saúde não arranja um emprego decente e continua trabalhando como temporária numa konbini, distribuindo cumprimentos aos clientes e colegas o dia inteiro, dia após dia... Se ninguém dizia nada antes, foi porque você era uma criatura estranha demais, desagradável demais. Só isso. Pelas suas costas, eles já falavam. Agora, vão falar na sua cara.

— Sei...

— Julgar e condenar as pessoas esquisitas é um tipo de hobby das pessoas normais. Só que se você me expulsar daqui, sua sentença vai ser ainda pior, viu? Então o melhor é me deixar ficar.

Shiraha riu baixinho, satisfeito.

— Eu sempre quis me vingar de vocês, mulheres, que podem viver como parasitas. Sempre quis parasitar uma de vocês, para mostrar o que é bom. Agora vou continuar vivendo às suas custas, haja o que houver!

Aquilo tudo não fazia sentido algum para mim.

— Certo, deixe isso para lá, Shiraha. Você vai comer sua ração? Já deve estar tudo pronto.

— Vou comer aqui mesmo, pode trazer.

Botei uma porção de cozido e arroz em um prato e levei até o ofurô.

— Feche a porta, por favor.

Obedeci ao seu pedido e me sentei sozinha à mesa, o que não acontecia havia algum tempo.

O ruído da minha mastigação soava estranhamente alto. Talvez porque eu estivera imersa nos sons da konbini até pouco antes. Fechei os olhos e imaginei a loja. Logo senti seus sons agitando meus tímpanos, de dentro para fora.

Era como uma música ecoando dentro de mim. Embalada por esse concerto interpretado pela konbini que eu trazia gravado em minha mente, recarreguei meu corpo com a ração à minha frente, para poder trabalhar mais um dia.

A história de Shiraha se espalhou num instante por entre os colegas. O gerente insistia em perguntar, sempre que me via, como Shiraha estava e quando iríamos sair todos juntos.

Eu sempre havia admirado a dedicação do oitavo gerente e o considerava meu mais valioso companheiro. Era irritante vê-lo falar desse assunto toda vez que nos encontrávamos.

Antes, tínhamos conversas produtivas e diretas, como é apropriado entre um gerente e um funcionário. Comentávamos que a venda de chocolates não ia bem por causa do calor, ou que haviam construído um prédio residencial perto da konbini e isso aumentaria a clientela do fim da tarde, ou que determinado novo produto estava sendo tão anunciado por toda parte que tinha tudo para fazer muito sucesso... esse tipo de coisa. Agora parecia que, para o gerente, eu era uma fêmea humana antes de ser uma funcionária.

— Furukura, sempre que precisar de conselhos, pode contar comigo!

— Isso mesmo! Venha beber com a gente, mesmo que seja só você! O melhor seria se Shiraha também viesse, aí eu botava ele na linha...

— Também estou com saudade dele! Fale para ele vir! — Até Sugawara, que antes dizia odiar Shiraha, agora vinha com esse tipo de coisa.

Eu não sabia disso, mas aparentemente todos eles saíam para beber de vez em quando. Até Izumi participava, quando seu marido podia ficar com as crianças.

— Pois é, eu estava justamente pensando em te convidar, Furukura!

Todos estavam empenhados em atrair Shiraha para fora de casa e dar uma bronca nele.

Se todo mundo queria tanto assim repreendê-lo, até que era compreensível que ele quisesse se esconder.

O gerente chegou a ponto de pegar o currículo de Shiraha, que devia ter sido jogado fora quando ele foi demitido, para analisar suas credenciais junto com Izumi.

— Olha só isso! Ele largou a faculdade no meio e foi fazer um curso técnico, mas logo depois largou esse também!

— A única qualificação é proficiência em inglês? Quem é que só tem isso, hoje em dia? Será que ele não tem nem carteira de motorista?

Todos vibravam com a perspectiva de lhe dar um sermão. Por pouco não declaravam que isso era prioridade, na pauta do dia, sobre a promoção de oniguiris (qualquer variedade por cem ienes), o lançamento das salsichas recheadas de queijo ou a distribuição de novos cupons de desconto.

Estavam surgindo interferências no som da konbini. Se antes todos seguiam a mesma partitura, agora havia uma dissonância desagradável, como se cada um houvesse tirado um instrumento diferente do bolso e começado a tocar sozinho.

O mais assustador era o recém-chegado Tuan. Ele logo absorvia a atmosfera da konbini e ficava cada vez mais parecido com os colegas. Normalmente isso não seria um problema, mas ao assimilar os novos hábitos da equipe, ele se distanciava mais e mais de um verdadeiro Funcionário.

No começo ele era muito dedicado, mas agora parava de preparar as salsichas para puxar conversa.

— Seu marido trabalhava aqui, Furukura?

Talvez ele tivesse pegado de Izumi o jeito arrastado de falar.

— Não é meu marido — respondi, falando rápido.
— E isso não importa. Hoje as bebidas geladas vão sair muito, por causa do calor. Não deixe de repor a água mineral conforme for saindo. As caixas de estoque já estão geladas, na geladeira *walk-in*. Os chás de caixinha também vendem muito nestes dias, então cuide para

que a prateleira deles esteja sempre bem-arrumada, está bem?

— Furukura, você não pretende ter filhos? Minha irmã mais velha, que é casada, tem três. São uma graça.

Ele se tornava cada vez menos funcionário. Todos me pareciam menos funcionários do que antes, ainda que continuassem vestindo o mesmo uniforme e trabalhando como sempre fizeram.

Só os clientes permaneciam iguais, fazendo suas compras na konbini e recorrendo à minha ajuda. Em meio àquele cenário tenebroso em que meus colegas — que eu considerava células iguais a mim — se transformavam a passos largos em machos e fêmeas da aldeia, os clientes eram a única coisa que me permitia continuar sendo uma funcionária.

Num domingo, um mês depois daquela noite em que liguei para minha irmã, ela veio até a minha casa para brigar com Shiraha.

— Preciso ter uma conversa séria com ele. Por você, Keiko.

Apesar de ser geralmente uma moça tranquila, ela fez questão de vir só para isso.

Eu havia sugerido a Shiraha que ele saísse de casa, mas pelo jeito devia estar lá, no ofurô. Achei estranho, considerando o quanto ele odiava levar bronca.

— Meu marido ficou com Yutaro hoje. De vez em quando é bom, né?

— Sim, claro. Entre! É meio apertado, mas fique à vontade.

Fazia tempo que eu não via minha irmã sem o bebê a tiracolo. Parecia que estava faltando alguma coisa.

— Você não precisava ter vindo até aqui... Eu podia ir à sua casa, como sempre.

— Ah, imagina. Queria conversar com você com calma! Não estou atrapalhando? — Ela correu os olhos pela quitinete. — O homem que está morando com você saiu? Espero que não tenha sido por minha causa...

— Não, ele está em casa.

— O quê!? Onde? Preciso me apresentar! — Ela se pôs em pé, agitada.

— Não se preocupe com isso — intervim. — Ah, mas já está na hora da ração!

Enchi a bacia de plástico que estava na cozinha com arroz e um pouco de cozido de repolho e batata e levei até o banheiro.

Shiraha, que estava sentado sobre uma almofada dentro do ofurô, mexendo no celular, pegou a bacia sem dizer nada.

— Ele está no ofurô?!

— Está. É que este apartamento é apertado para duas pessoas, então eu o deixo morar no ofurô.

Diante da expressão de perplexidade no rosto da minha irmã, achei melhor explicar com calma.

— Este apartamento já é bem antigo, não é? Então Shiraha falou que, em vez de usar um banheiro velho desse jeito, era melhor a gente ir nestes *coin-showers*, onde você pode tomar uma chuveirada por um trocado. Como aqui em casa o ofurô e o vaso ficam separados, não me atrapalha se ele ficar lá. Aí ele me paga um trocado para cobrir a ração e o banho. É meio chato ter que sair para usar o chuveiro, mas é muito conveniente ter isso em casa. Todo mundo fica felicíssimo, comemora, me dá os parabéns… Cada um se satisfaz com a própria imaginação e assim param de dar palpite na minha vida. Então vale a pena.

Minha irmã baixou o rosto. Achei que ela tinha ficado convencida com a minha explicação.

— Ah, sim. Comprei uns pudins que sobraram na konbini ontem. Quer um?

— Nunca imaginei que fosse uma coisa dessas…

Sua voz estava trêmula. Surpresa, espiei seu rosto e notei que ela estava chorando.

— O que houve? Vou pegar um lenço, só um instante! — exclamei, usando a voz de Sugawara, e me pus em pé num pulo.

— Quando você vai se curar, Keiko? — Minha irmã não brigou comigo, só cobriu o rosto com as mãos. — Eu já não aguento mais. O que podemos fazer para você ficar boa? Até quando vou ter que sofrer desse jeito?

— Ué, mas se isso é um sofrimento, você não precisava vir até aqui para me ver… — sugeri sinceramente.

— Keiko, por favor, eu te peço… — ela também se ergueu, aos prantos. — Venha comigo fazer terapia! Vamos buscar um tratamento médico. É o único jeito!

— Mas eu já fui ver um médico quando era pequena e não adiantou, lembra? Além do mais, não sei do que eu preciso me curar.

— Desde que você começou a trabalhar na konbini, fica cada dia mais esquisita! Até seu tom de voz é estranho... fala tudo em voz alta, sorrindo, como se estivesse lidando com um cliente. E as expressões que você faz! Eu só quero que você seja normal, por favor...

Minha irmã chorava cada vez mais.

— Então se eu parar de trabalhar na konbini, ficarei curada? — indaguei. — Ou é melhor continuar trabalhando? Será que ficarei melhor expulsando Shiraha, ou estou mais curada agora, com ele aqui? É só você me dar instruções claras, por mim tanto faz! Só me explique direitinho o que devo fazer, por favor.

— Eu já não sei mais nada... — soluçou ela, e se calou.

Depois que minha irmã parou de falar, eu não tinha mais nada para fazer. Então peguei um pudim na geladeira e comecei a comê-lo enquanto a observava chorar. Ela não dava sinais de que pararia tão cedo.

Nessa hora, ouvi a porta do banheiro se abrindo e me voltei num susto. Shiraha estava em pé diante da porta.

— Desculpe, é que nós estamos meio brigados — anunciou para minha irmã. — Sinto muito por você ter presenciado uma cena tão vergonhosa. Deve ter sido um susto e tanto!

Assisti, pasma, enquanto Shiraha falava com uma desenvoltura inesperada.

— Para falar a verdade, é que eu retomei contato com a minha ex no Facebook e acabei saindo para beber com ela. Quando Keiko descobriu, ficou furiosa, disse que não ia dormir comigo de jeito nenhum e me fechou no banheiro!

Minha irmã passou algum tempo fitando o rosto de Shiraha, como se processasse o que ele dizia. Finalmente, se pôs em pé, olhando-o com adoração, como um fiel diante do padre na igreja.

— Aaah... Então foi isso? Entendi, entendi.

— Quando você chegou, me escondi lá dentro porque não queria levar bronca...

— É... é mesmo! Keiko me contou que você não trabalha, que só fica aqui, largado! Eu estava morta de preocupação, temendo que um homem mal-intencionado estivesse se aproveitando dela... Quer dizer que, para completar, você estava saindo com outra, certo? Que absurdo! Eu, como irmã, não posso permitir uma coisa dessas!

Ela estava extasiada, brigando com Shiraha.

Finalmente eu entendi. Quando alguém briga desse jeito com uma pessoa, é porque considera que esta pertence ao *lado de cá*. Minha irmã preferia mil vezes ter uma irmã cheia de problemas estando *do lado de cá*, do que uma irmã que não incomodava ninguém, mas *do lado de lá*. Se eu estava do mesmo lado que ela, isso significava que o mundo era compreensível e que tudo estava funcionando corretamente.

— Preste atenção, Shiraha, não estou de brincadeira, entendeu?!

Reparei que o jeito de falar da minha irmã estava um pouco diferente. Com quem será que ela estava convivendo? Certamente, as pessoas de seu círculo deviam falar daquela maneira.

— Eu sei, eu sei! Não sou muito rápido, mas estou procurando trabalho... E também pretendo oficializar nossa relação assim que possível, é claro.

— Desse jeito, não posso contar nada para os meus pais!

Acho que eu havia chegado ao limite. Ninguém mais queria que eu continuasse sendo funcionária. Até minha irmã, que ficara tão contente quando entrei na konbini, agora dizia que o melhor era justamente eu não trabalhar mais lá.

Depois que suas lágrimas secaram, seu nariz ainda ficou escorrendo. Sem se preocupar com isso, ela continuou discutindo alegremente com Shiraha. Eu, sem poder ao menos levar um lenço ao seu nariz, apenas observava os dois, segurando o pudim pela metade.

No dia seguinte, quando cheguei do trabalho, havia um par de sapatos vermelhos na entrada de casa.

Entrei no apartamento me perguntando se minha irmã teria vindo outra vez, ou se seria possível que Shiraha tivesse trazido uma amante para casa. Encontrei-o sentado sobre os joelhos, formalmente, no meio da sala.

Do outro lado da mesa, uma mulher de cabelos castanhos o encarava com raiva.

— Boa noite, você é...? — perguntei.

A mulher voltou o olhar em minha direção. Ainda era jovem e usava uma maquiagem carregada.

— É com você que este homem está vivendo?

— Sim, sou eu.

— Sou esposa do irmão mais novo dele. Sabia que ele fugiu do apartamento onde morava sem pagar o aluguel? E nem sequer atendia o celular, então ligaram até para a casa dos meus sogros em Hokkaido! Mas ele também ignorou todos os nossos telefonemas, é claro. Por coincidência, tive que vir a Tóquio para uma reunião de ex-alunos, então aproveitei para ir pagar essa dívida, com dinheiro que minha sogra emprestou, e ainda tive que me desculpar por esse sujeito! Eu tinha certeza de que isso ia acontecer cedo ou tarde! Esse aí nunca pensou em ganhar o próprio dinheiro, só quer se aproveitar dos outros. É uma vergonha! — Ela se voltou para Shiraha. — Presta atenção: você vai devolver até o último centavo, ouviu?

Sobre a mesa, havia um documento com o título "Nota promissória".

— Arranje um trabalho decente e pague tudo de volta. Ai, que situação! Por que é que eu tenho que fazer esse tipo de coisa pelo meu cunhado, hein?

— Há... como foi que você me encontrou? — perguntou Shiraha com voz débil.

Compreendi que, quando ele pedia para que eu o escondesse, era em parte por ter fugido sem pagar o aluguel.

A cunhada soltou um risinho de desprezo pelo nariz.

— Lembra quando você foi lá em casa pedir dinheiro para pagar os aluguéis acumulados? Eu já desconfiava que alguma coisa assim fosse acontecer, então pedi para meu marido colocar um aplicativo de rastreio no seu celular. Foi assim que eu soube que você estava por aqui e aí te flagrei saindo da konbini.

Essa mulher realmente não confia nem um pouco no cunhado, pensei.

— Eu... eu vou devolver o dinheiro, sem falta... Vou mesmo — murmurou Shiraha, cabisbaixo.

— É óbvio que vai. E essa mulher aí, qual a sua relação com ela? — A cunhada me olhou de relance. — Estão morando juntos, apesar de você ser desempregado? Se tem tempo para esse tipo de coisa, vá arranjar um emprego. Você já é bem grandinho.

— Estou namorando e pretendo me casar. Eu cuido da casa e ela trabalha. Quando ela conseguir um emprego fixo, vamos usar o seu salário para devolver o empréstimo.

Olha só, Shiraha tem uma namorada, pensei por um instante. Mas em seguida, ao me lembrar da conversa com minha irmã no dia anterior, compreendi que era de mim que ele estava falando.

— Ah, é mesmo? Atualmente você trabalha em que ramo? — perguntou a cunhada, com ar de suspeita.

— Eu, hum... trabalho por hora numa konbini — respondi.

A mulher escancarou de uma só vez a boca, o nariz e os olhos. Fiquei pensando que já tinha visto essa cara em algum lugar. Então, boquiaberta, ela exclamou:

— Como é que é?! E vocês moram juntos? Você trabalhando por hora e ele desempregado?

— Há... sim.

— Como é que vocês pretendem sobreviver desse jeito? Vão acabar na sarjeta! Além disso... desculpe a indiscrição, acabamos de nos conhecer, mas você já tem certa idade, não tem? Por que trabalha como temporária numa loja dessas?!

— Bem, teve uma época em que fiz várias entrevistas de emprego... Mas no fim só consegui ser contratada lá.

A mulher continuava me encarando, atônita.

— Bom, em certo sentido vocês dois combinam, mas... Olha, não é coisa que uma desconhecida como eu deva dizer, mas é melhor você arranjar um emprego decente ou se casar, viu? Falando sério. Quer dizer, o melhor mesmo seria fazer as duas coisas. Se continuar com essa vida inconsequente, pode muito bem morrer de fome.

— Certo...

— Não posso imaginar o que você vê nele, mas se gosta deste sujeito aqui é ainda mais importante conseguir um emprego de verdade. Não tem como duas pessoas tão inaptas à sociedade viverem às custas de um trabalho temporário, pago por hora.

— Entendi.

— As pessoas com quem você convive nunca te falaram isso? Escuta, você está cadastrada na saúde pública, direitinho? Estou dizendo isso para o seu bem, acredite em mim. Sei que acabamos de nos conhecer, mas, sem brincadeira, você precisa dar um jeito na sua vida!

A cunhada se inclinou sobre a mesa e falava com intimidade. Concluí que ela era mais gentil do que eu imaginara pelas histórias de Shiraha.

— Nós conversamos sobre isso — interveio ele. — Enquanto não temos filhos, vou cuidar da casa e ajudar Keiko, assim posso focar no meu empreendimento on-line. Se tivermos uma criança, vou procurar um trabalho e prover para a família.

— Não fique aí sonhando acordado, trate de achar logo um emprego também! Se bem que isso é assunto de vocês, eu não devia me intrometer...

— Logo mais ela vai sair da konbini e se dedicar a encontrar um emprego. Já está decidido.

— Há?

— Bom, pelo menos você tem alguém, já é um progresso — comentou a cunhada, sem convicção. — Eu não quero me demorar por aqui, já vou indo. Vou relatar para minha sogra tudo o que aconteceu, inclusive o valor do dinheiro que emprestamos, ouviu? Não pense que vai conseguir escapar.

Com esse recado, ela foi embora do apartamento.

Shiraha esperou a porta se fechar e ficou ouvindo atento o som dos passos se afastando pelo corredor. Quando eles sumiram, exclamou alegremente:

— Maravilha, consegui me safar! Agora posso ficar tranquilo por algum tempo. Imagina se tem alguma chance de eu engravidar uma mulher como você? Que ideia, nem morto! — Ele agarrou meus ombros, entusiasmado. — Furukura, você é muito sortuda! Virgem, solteira e trabalhando numa konbini... sua vida era uma tríplice desgraça! Mas agora, graças a mim, vai se tornar uma mulher casada, um membro da sociedade! Vivendo assim, você vai deixar todo mundo mais contente. Que sorte a sua!

Depois de cair no meio daquela bagunça familiar de Shiraha logo ao entrar em casa, fiquei exausta. Não tinha ânimo para ouvir seus discursos.

— Escuta, será que hoje posso usar o chuveiro daqui?

Ele tirou o futon de dentro do ofurô e então pude tomar banho em casa, como não fazia havia muito tempo.

Mesmo enquanto eu estava no banho, Shiraha continuou tagarelando ao lado da porta.

— Realmente, você teve muita sorte de me conhecer! Desse jeito, ia acabar sozinha na sarjeta! Em troca, você tem que continuar me escondendo para sempre, entendido?

Sua voz soava distante, encoberta pelo barulho da água. Aos poucos, os sons da konbini que ainda ecoavam nos meus ouvidos foram sumindo.

Quando terminei de enxaguar o corpo e fechei a torneira, o silêncio, há tanto ausente, recaiu sobre mim.

Até então, o som da konbini ressoava incessante nos meus tímpanos. Mas agora ele havia desaparecido.

Eu estava plantada em pé no meio do banheiro, ouvindo esse silêncio como uma música desconhecida, quando o peso de Shiraha fez vibrar o chão, perturbando a quietude.

O meu último dia na konbini chegou sem alarde, como se meus dezoito anos de trabalho fossem apenas uma miragem.

Naquele dia, fui para a konbini às seis da manhã e fiquei assistindo às imagens das câmeras de segurança.

Tuan, já totalmente adaptado ao trabalho, passava as latas de café e os sanduíches pelo leitor de código de barras com habilidade. Se algum cliente pedia um recibo, ele fazia as operações necessárias com gestos eficientes.

Teoricamente, quem pretendia deixar o trabalho devia informar com um mês de antecedência, mas expliquei que havia circunstâncias especiais e fui liberada com apenas duas semanas de aviso prévio.

Lembrei-me desta conversa, duas semanas antes. O gerente felicíssimo, apesar de eu estar pedindo demissão:

— Puxa, chegou a hora?! Quer dizer que Shiraha mostrou que é homem?

O gerente sempre reclamava quando as pessoas deixavam o serviço. Dizia que, como a konbini estava com falta de mão de obra, todos que saíssem deviam apresentar alguém para entrar no lugar. E, no entanto, no meu caso ele se mostrou feliz. Quer dizer, talvez aquele ser humano chamado Gerente já não existisse mais. Quem estava diante dos meus olhos era um macho da espécie humana, que desejava que os seus semelhantes se reproduzissem.

— Furukura, fiquei sabendo das notícias! Que maravilha!

Izumi, que costumava discursar sobre como as pessoas que largavam o emprego de repente não tinham profissionalismo, também celebrou minha saída.

— Obrigada por tudo até hoje — eu disse.
— Puxa, vamos sentir sua falta! Muito obrigada!

Um final tão corriqueiro para quem trabalhara por dezoito anos. Agora, quem estava no caixa em meu lugar, escaneando os produtos, era uma menina de Mianmar que entrara na semana anterior. Ao ver as imagens das câmeras com o canto dos olhos, me dei conta de que não iria mais aparecer naquele monitor.

— Muito obrigada por sua dedicação, Furukura!

Izumi e Sugawara me deram um par de hashis elegantes, para casais, dizendo se tratar de um presente de despedida e também "de comemoração". Da menina do noturno ganhei uma lata de biscoitos.

Durante esses dezoito anos, vi muitas pessoas saírem da konbini. Sei que o espaço que deixam para trás é preenchido num instante. O lugar onde eu estava também seria ocupado sem demora e no dia seguinte a unidade continuaria funcionando normalmente.

O escâner com que eu inspecionava os produtos, o terminal que usava para reposição de estoque, o escovão com que limpava o chão, o álcool que desinfetava minhas mãos, o espanador que eu trazia sempre à cintura... Nunca mais tocaria nessas coisas tão familiares.

— Bom, ela está nos deixando por um bom motivo! — disse o gerente, e as duas mulheres anuíram com a cabeça.

— É mesmo! Não deixe de vir nos visitar, hein?

— Com certeza, venha como cliente! Traga Shiraha também. Podem comer salsichas por conta da casa!

Izumi e Sugawara riam e comemoravam o meu destino.

Eu estava me aproximando da imagem de ser humano normal que existe na mente de todo mundo. Era muito estranho ouvir toda aquela celebração, mas me limitei a agradecer.

Eu não conseguia sequer imaginar o que seria de mim quando não fosse mais funcionária. Fiz uma mesura diante da konbini que brilhava como um aquário branco e luminoso e parti rumo à estação de metrô.

Shiraha me aguardava quando cheguei.

Num dia comum, essa seria a hora de comer a ração e dormir, ou seja, de me preparar fisicamente para o trabalho do dia seguinte. Pois até nas horas em que eu não estava de serviço meu corpo pertencia à konbini. Agora que eu me libertara, não sabia o que fazer.

Em casa, Shiraha pesquisava, triunfante, vagas de emprego na internet. A mesa estava coberta de formulários de currículo.

— Muitas vagas têm limite de idade, mas, procurando bem, dá para encontrar bastante coisa! Sempre odiei pesquisar ofertas de emprego, mas, não sendo para mim, é divertidíssimo!

Eu estava desanimada. Olhei o relógio: eram sete horas. Meu corpo permanecia sempre conectado à konbini, mesmo quando eu não estava trabalhando. Neste horário, no começo da noite, estão fazendo a reposição das bebidas de caixinha. Chegou a entrega de materiais de papelaria e o pessoal do turno da madrugada está checando os produtos. Agora é a hora de limpar o chão. A qualquer momento do dia, bastava eu olhar para o relógio para imaginar o que se passava lá.

Naquele instante, Sawaguchi do noturno devia estar preparando a decoração para o lançamento que chegaria na próxima semana, e Makimura repunha os *cup lamens*. Eu, porém, não fazia mais parte desse ciclo. Ficara para trás.

Dentro da quitinete havia vários barulhos — a voz de Shiraha, o motor da geladeira —, mas os meus ouvidos só captavam o silêncio. O som da konbini, que me preenchia até então, desaparecera. Eu me desconectara do mundo.

— Realmente, um trabalho temporário numa konbini é instável demais para me sustentar... Além disso, se vivermos juntos como um desempregado e uma funcionária paga por hora, a pressão vem para cima de mim, o desempregado. Essa ralé que não consegue sair do período Jomon vem logo reclamar com o homem. Mas se pelo menos você conseguir um emprego fixo, não sofro mais esse tipo de ataque. E também é melhor para você. Dois coelhos com uma cajadada só!

— Olha, não estou com fome hoje, então será que você pode arranjar qualquer coisa para comer, por conta própria?

— O quê? Bom, pode ser...

Shiraha pareceu um pouco descontente, talvez achando ruim ter que ir comprar comida. Mas se aquietou quando lhe entreguei uma nota de mil ienes.

Nessa noite, eu deitei entre os futons e não consegui dormir, então me levantei e saí de pijama para a varanda.

Normalmente, naquele horário eu já precisava estar dormindo, para acordar bem-disposta no dia seguinte. Saber que eu precisava cuidar do meu corpo para o trabalho me fazia pegar no sono num instante. Mas agora eu não sabia nem mesmo para que deveria dormir.

Eu não usava a varanda para secar roupas, costumava pendurá-las dentro de casa. Ela estava largada e suja, a porta cheia de limo. Sentei no chão, sem me preocupar em sujar o pijama.

Através do vidro, olhei o relógio lá dentro. Eram três da manhã.

Logo começaria o intervalo do turno da madrugada. Dat e Shinozaki, um universitário que entrara na última semana, mas que já tinha experiência, deviam estar descansando um pouco ou repondo o estoque da geladeira *walk-in*.

Fazia muito tempo que eu não ficava acordada até tão tarde.

Acariciei meu corpo. Seguindo as regras da konbini, tinha as unhas aparadas bem curtas, o cabelo sem tinturas e bem cuidado, para passar uma impressão de asseio. Nas costas da minha mão havia uma pequena cicatriz, de quando me queimara fritando croquetes, três dias antes.

Na varanda batia um vento um pouco frio, apesar de o verão já estar próximo. Mesmo assim, continuei sentada olhando para o azul-índigo do céu, sem vontade de voltar para dentro.

Entreabri os olhos. Estava com calor e não conseguia dormir direito, me revirando entre as cobertas.

Não sabia o dia da semana, nem o horário. Apalpei até achar meu celular ao lado do travesseiro e vi que eram duas horas, mas não sabia se da manhã ou da tarde. Saí de dentro do armário ainda desorientada e vi que a luz do sol entrava pelas cortinas. Eram duas da tarde.

Pela data, fazia duas semanas que eu saíra da konbini. Por um lado, eu tinha a impressão de que já haviam se passado meses, por outro, parecia que o tempo tinha estacionado.

Shiraha não estava em casa. Talvez tivesse saído para comprar comida. Sobre a mesinha de centro dobrável, armada no meio do apartamento, estavam os restos mortais dos *cup lamens* que havíamos comido na véspera.

Desde que saíra da konbini não sabia mais a que horas deveria acordar, então simplesmente dormia quando tinha sono e, ao despertar, comia alguma coisa. Minha única atividade era preencher os currículos conforme as instruções de Shiraha.

Eu não sabia o que devia usar como parâmetro para agir. Até então, meu corpo pertencia à konbini, mesmo nas horas em que não estava em serviço. Se eu dormia, me mantinha em forma, me nutria para poder trabalhar com saúde. Tudo isso fazia parte do ofício.

Shiraha continuava passando as noites dentro do ofurô. Durante o dia ele ficava em casa, comia, olhava as ofertas de emprego. No geral, parecia levar a vida com muito mais entusiasmo do que na época em que eu estava trabalhando. Eu havia levado meu futon para dentro do armário para poder dormir a qualquer hora do dia ou da noite, e só saía de lá quando sentia fome.

Percebi que estava com sede, então abri a torneira, enchi um copo e bebi tudo de uma vez. Lembrei-me de ter ouvido, em algum lugar, que toda a água do corpo humano é substituída a cada duas semanas. Será que a água das garrafas que eu comprava todas as manhãs já tinha deixado meu corpo? Será que agora a umidade da minha pele e a membrana líquida que cobria meus olhos já não eram mais da konbini?

Nos dedos que seguravam o copo e nos meus braços cresciam pelos escuros. Eu cuidava da aparência em função da konbini, mas agora não via mais necessidade de me depilar. Olhando no espelho apoiado contra a parede, notei que eu tinha um leve bigode.

Costumava ir todos os dias tomar banho nos *coin-showers*, mas passei a ir só uma vez a cada três dias, de má vontade, obedecendo a Shiraha.

Eu, que avaliava todas as coisas considerando se elas seriam racionais do ponto de vista da konbini, tinha perdido minha referência. Não sabia o que deveria usar como parâmetro para avaliar se as minhas ações eram racionais ou não. Sem dúvida, antes de me tornar uma funcionária, eu já avaliava de alguma forma a racionalidade das minhas ações, mas não conseguia lembrar o que me guiava naquele tempo.

De repente, ouvi um ruído eletrônico e vi o celular de Shiraha, que ele tinha deixado em casa, vibrando sobre o tatame. Pensei em ignorar a chamada, mas ele não parava de tocar.

Imaginando que talvez fosse alguma emergência, olhei a tela e vi que indicava "Megera". Toquei sem pensar no botão de "atender" e, conforme esperado, soou a voz furiosa da cunhada.

— *Shiraha, quantas vezes você vai me fazer ligar, hein? Não adianta tentar fugir, sei muito bem onde você está!*

— Alô? É Furukura.

— *Ah, é você?* — A voz da cunhada se acalmou assim que ela percebeu com quem estava falando.

— Acho que Shiraha saiu para comprar comida. Ele deve voltar logo...

— *Tudo bem, falo com você. Passe o recado a ele, tá? É que ele depositou três mil ienes na semana passada e desde então não deu mais sinal de vida. Que piada é essa, três mil ienes?! Ele está tirando com a minha cara, é?*

— Entendi. Desculpe.

— *Vocês precisam tomar juízo, falando sério! Tenho os documentos do empréstimo, viu? Diga a ele que estou disposta a tomar as providências cabíveis!* — continuou ela, irritada.

— Está bem, direi a ele assim que chegar.

— *Sem falta! Ele é um interesseiro, um sem-vergonha!*

Ouvi ao fundo, para além da voz enfurecida da cunhada, o choro de um bebê.

Subitamente me ocorreu se não seria o caso, agora que eu não tinha mais a konbini como parâmetro, de avaliar a racionalidade das minhas ações do ponto de vista de um animal. Considerando que eu era um animal humano, talvez o caminho mais correto fosse tentar fazer filhos e garantir a reprodução da espécie.

— Gostaria de tirar uma dúvida, se possível. Fazer filhos é vantajoso para a raça humana?

— *Quê?!*

Percebi o espanto em sua voz e resolvi explicar com calma.

— Bom, se somos animais, é importante nos reproduzirmos, não é? Você acha que seria melhor eu e Shiraha copularmos bastante e contribuirmos para a proliferação da espécie?

Por um momento, houve um silêncio completo. Cheguei a pensar que a ligação tinha caído. Então, ouvi um suspiro profundo, tão intenso que achei que ia sentir o ar quente saindo pelo celular.

— *Ai, tenha a santa paciência... Como é que uma funcionária de konbini e um desempregado vão cuidar de uma criança? Esqueça essa ideia, por favor. Vocês não podem deixar esses seus genes para as gerações futuras! Evitar isso é que seria a maior contribuição para a raça humana que poderão oferecer.*

— Ah, é mesmo?

— *Cuide sozinha desses seus genes podres e, quando morrer, leve todos eles com você para o céu, sem deixar nadinha para trás, por favor!*

— Entendi...

Fiquei admirada. Até que essa mulher via as coisas de maneira bastante coerente.

— *Escuta, conversar com você é uma perda de tempo. Assim posso acabar maluca também. Então, vou desligar, tá? Não deixe de falar para Shiraha sobre o dinheiro!* — disse ela, e desligou.

Aparentemente, o mais vantajoso para a raça humana era eu e Shiraha não acasalarmos. Fiquei um pouco aliviada, pois nunca tinha feito sexo e a ideia não deixava de ser um pouco desagradável. Certo, então eu devia tomar cuidado ao longo da vida para não deixar meus genes em lugar nenhum e dar cabo de todos quando morrer, concluí. Mas, ao mesmo tempo, essa conclusão me deixou desorientada. Como eu deveria ocupar meu tempo até lá?

Ouvi um barulho na porta e Shiraha entrou em casa, carregando uma sacola de plástico da loja de artigos populares da vizinhança. Ultimamente, como meus dias não tinham mais ritmo e eu não cozinhava mais, ele costumava ir a essa loja e comprar alguma coisa para acompanhar o arroz.

— Ah, acordou?

Apesar de vivermos os dois nessa quitinete apertada, fazia tempo que não nos encontrávamos durante o dia para uma refeição. A panela elétrica estava sempre ligada e cheia de arroz quente. Minha vida consistia em acordar, abrir essa panela e engolir o arroz, e depois voltar para dentro do armário.

Já que tínhamos nos encontrado, acabamos comendo juntos. Comi em silêncio os bolinhos e os *nuggets* de frango que Shiraha descongelara.

Eu não sabia com que propósito estava me nutrindo. O arroz e os bolinhos que eu mastigava se espalhavam pastosos pela minha boca, mas era difícil forçá-los garganta abaixo.

Naquele dia, eu teria minha primeira entrevista de emprego. Shiraha declarou orgulhoso que, ainda que fosse apenas para um contrato de curto prazo, era praticamente um milagre alguém como eu, que até os trinta e seis anos só havia trabalhado em uma konbini, ter conseguido uma entrevista. Já fazia quase um mês desde que eu saíra da konbini.

Vesti o terninho que estivera guardado na embalagem da lavanderia durante dez anos e arrumei o cabelo.

Fazia tempo que eu não saía para a rua. O pouco dinheiro que eu economizara enquanto trabalhava já tinha diminuído bastante.

— Vamos lá, Furukura!

Shiraha anunciou que me acompanharia até o local da entrevista e esperaria do lado de fora até que ela terminasse.

Ao sair de casa, vi que o clima já era de verão.

Fomos de trem até o local da entrevista. Também já fazia tempo que eu não andava de trem.

— Viemos cedo demais... Ainda falta mais de uma hora.

— Ah, é?

— Vou ao banheiro, me espere aqui — disse Shiraha, e saiu andando.

Achei que ele iria a um banheiro público, mas vi que se dirigia a uma konbini.

Corri ao seu encalço e entrei junto com ele, dizendo que também iria usar o banheiro. A porta se abriu com aquele som saudoso do sino.

— *Irasshaimasê!* — exclamou uma das funcionárias no caixa.

Havia uma fila de clientes esperando para pagar. Olhei o relógio: ia dar meio-dia. O horário de pico do almoço estava começando.

Apenas duas moças jovens trabalhavam no caixa, uma delas com um crachá que dizia "Em treinamento". Cada uma ficava em uma máquina, passando os produtos o mais rápido possível.

Pelo jeito, eu estava em um bairro comercial, pois a maioria dos clientes eram homens de terno e mulheres com trajes de escritório.

Naquele instante, fui invadida pela Voz da loja de conveniência.

Todos os sons que reverberavam dentro dela estavam carregados de significado. Faziam meu corpo vibrar como uma música, falando diretamente às minhas células.

Por instinto, sem precisar pensar, compreendi de imediato tudo o que a konbini necessitava naquele momento.

Olhei para a geladeira de refeições prontas. Um pôster dizia "A partir de hoje, 30 ienes de desconto em todos os espaguetes!", porém as massas não tinham destaque algum, estavam todas misturadas aos yakissobas e outros pratos.

Isso não pode ficar assim, pensei, mudando os espaguetes para um lugar bem visível, ao lado dos *noodles*. Uma cliente que se aproximava me olhou intrigada, mas quando exclamei "*Irasshaimasê!*" ela se tranquilizou, achando que eu era uma funcionária. Escolheu então um espaguete com ovas de peixe e foi embora.

Mal tive tempo de me alegrar e logo reparei na prateleira de chocolates. Peguei aflita o celular para checar o dia. Terça-feira, que é quando chegam os novos produtos e lançamentos. Como eu podia ter me esquecido desse dia, o mais importante da semana para um funcionário de konbini?

Quase tive um surto ao ver que o lançamento estava exposto na prateleira mais baixa, em apenas uma fileira. Era uma edição limitada de um chocolate, agora em versão branca, lançado seis meses antes e que fizera muito sucesso, tanto que vivia esgotado. Onde já se viu deixar escondido desse jeito um produto tão especial? Organizei as prateleiras com movimentos rápidos. Deixei somente uma fileira de um tipo de bombom que não vendia muito e ocupava espaço demais, e pus três fileiras do lançamento na prateleira mais alta, decorando-a com uma plaquinha de "Novo!" que estava largada diante de outro item.

Notei que uma das moças do caixa me olhava com desconfiança. Ela acompanhava minhas ações, mas não podia abandonar seu posto por causa da fila. Fiz um gesto como se apontasse para um crachá no peito e a cumprimentei em voz baixa, para não incomodar os clientes.

O alívio transpareceu no rosto da jovem, que retribuiu meu cumprimento e voltou a atenção para o serviço do caixa. Por eu estar de terno, ela devia ter pensado que eu era uma encarregada da central. Foi fácil enganá-la porque os padrões de segurança da konbini não eram satisfatórios.

E se eu fosse mal-intencionada e pretendesse abrir o cofre da sala dos fundos ou roubar dinheiro dos caixas?

Fiz uma nota mental para dar-lhes uma advertência e voltei a atenção aos chocolates.

— Veja só isso! Saiu a versão em chocolate branco deste aqui! — Duas clientes olhavam o novo produto, entusiasmadas.

— É, eu vi a propaganda! Vamos comprar para experimentar?

Para os clientes, a konbini não deve ser apenas um local para suprir as necessidades práticas. Tem que ser um lugar divertido, que traga a alegria das novas descobertas. Satisfeita, refleti sobre isso enquanto continuava circulando a passos rápidos.

O dia estava quente, então era preciso pôr mais garrafas de água na geladeira. Também havia apenas uma garrafa de chá de cevada de dois litros, que vende muito no calor, escondida em um canto.

Eu podia ouvir a Voz da loja. Sabia concretamente do que ela precisava, o que ela almejava ser.

Quando a fila terminou, a menina do caixa veio correndo em minha direção.

— Puxa, que incrível! Parece mágica — murmurou, olhando a prateleira de batatas chips que eu acabara de arrumar. — Hoje um dos temporários faltou. Tentei avisar o gerente, mas ele não atendeu, então ficamos só eu e essa moça que acabou de entrar… Eu estava muito agoniada.

— Entendi. Mas pude ver o atendimento no caixa, vocês estavam se saindo muito bem! Quando acabar o horário de pico, lembre-se de repor as bebidas, por favor. Também seria uma boa ideia arrumar o freezer de sorvetes, pois quando o clima está quente assim, os picolés refrescantes fazem mais sucesso. Além disso, a parte de papelaria está um pouco empoeirada. Mais tarde, lembre-se de tirar todos os produtos e limpar bem as prateleiras.

A Voz da konbini continuava chegando aos meus ouvidos. Eu era invadida pela imagem de como a konbini desejava ser, e sabia tudo do que ela precisava naquele momento. Não era eu quem estava falando, era a própria konbini. Eu não passava de um oráculo, transmitindo o que me era revelado.

— Certo, obrigada! — respondeu a moça, atribuindo-me total confiança.

— Além disso, as portas de vidro estão cheias de marcas de dedos. Limpe-as com cuidado, pois é um local que chama muita atenção. E seria bom ter mais variedades de sopas de macarrão de arroz *harusame*, pois há muitas clientes mulheres. Repasse isso ao seu gerente, por favor. E também...

Eu dava essas orientações à jovem quando um grito furioso me interrompeu.

— O que você está fazendo?!

Era Shiraha, que havia saído do banheiro e agora puxava meu pulso.

— Pois não, senhor? — sem pensar, respondi como se ele fosse um cliente.

— Você está de brincadeira?!

Shiraha me arrastou pelo braço até a calçada diante da konbini. Uma vez lá fora, voltou a gritar.

— Que bobagem é essa?

— É que eu consigo ouvir a Voz da konbini — expliquei.

Ele me olhou como se visse algo repugnante. A pele acinzentada que envolvia seu rosto se crispou inteira, como um papel amassado.

Ainda assim, não cedi.

— A Voz da konbini preenche todo o meu corpo, e não para. Eu nasci para ouvir essa Voz.

— Que história é essa? — Shiraha me olhou assustado.

— Eu compreendi tudo. É que, ainda antes da minha condição de ser humano, sou uma funcionária de konbini. Não posso fugir dessa realidade, mesmo que isso faça de mim um ser humano degenerado, mesmo que assim eu termine morta de fome na sarjeta. Todas as minhas células existem em função da konbini — insisti.

Shiraha se calou e, ainda com o rosto todo franzido, tentou me puxar pelo pulso em direção ao local da entrevista.

— Você ficou louca. O mundo não vai aceitar uma criatura dessas. Você está contrariando as leis da aldeia! Se tentar fazer isso, você vai ser perseguida, vai viver na solidão! É muito melhor você arranjar um trabalho para me sustentar. Todos vão ficar aliviados. Esse é o tipo de vida que vai deixar todo mundo feliz!

— Não posso ir com você. Sou um animal, entende? Sou o animal "funcionário de konbini". Não posso contrariar meus instintos.

— Ninguém vai permitir uma coisa dessas!

Endireitei as costas e encarei seu rosto diretamente, como fazia durante o "juramento" na reunião matinal.

— Você não está entendendo. Sou uma funcionária, não importa se vão permitir ou não. Como ser humano, talvez fosse melhor para mim ficar com você, pois meus amigos e minha família ficariam mais tranquilos. Porém, como animal "funcionário de konbini", não preciso nem um pouco de você.

Era inútil continuar discutindo. Eu precisava voltar à forma, em nome da konbini. Precisava cuidar do meu corpo para poder trabalhar logo. Para poder repor as bebidas e limpar o chão, e obedecer ainda mais fielmente à Voz da konbini.

— Que horror! Você não é humana — bradou Shiraha.

É isso que estou tentando te dizer! Finalmente consegui livrar meu pulso e abracei minha mão junto ao peito.

Minha mão preciosa, que devolvia o troco aos clientes e embrulhava os salgados da vitrine de fast-food, estava suja com o suor grudento de Shiraha... Aquilo era uma afronta aos clientes. Eu queria desesperadamente lavá-la.

— Você vai se arrepender, ouça bem o que eu digo! — gritou ele, e disparou sozinho em direção à estação.

Peguei o celular dentro da bolsa. Antes de mais nada, precisava ligar para a empresa onde faria a entrevista e explicar que, por ser uma funcionária de konbini, eu não poderia participar da seleção. Depois, precisava encontrar uma nova unidade para trabalhar.

Vi meu reflexo no vidro da konbini de onde acabara de sair. *Essas mãos e esses pés só existem para a konbini.* Ao pensar isso pude me ver, pela primeira vez, como uma criatura com sentido na vida.

— *Irasshaimasê!*

Lembrei-me da janela por onde observara pela primeira vez meu sobrinho recém-nascido. Ouvi, através do vidro da konbini, o eco de outras vozes como a minha. Senti todas as células do meu corpo se agitarem sob a minha pele, respondendo à música que ressoava lá dentro.

Sobre a tradutora

RITA KOHL, nascida em 1984, é tradutora do japonês, formada em Letras pela Universidade de São Paulo (USP) e com mestrado em literatura comparada pela Universidade de Tóquio. Além de Sayaka Murata, verteu para o português obras de Yoko Ogawa, Haruki Murakami e Hiro Arikawa, e uma peça do dramaturgo Toshiki Okada.

ESTE LIVRO FOI COMPOSTO EM ADOBE GARAMOND
PRO 12,6 POR 15,7 E IMPRESSO SOBRE PAPEL PÓLEN
BOLD 90 g/m² NAS OFICINAS DA MUNDIAL GRÁFICA,
SÃO PAULO — SP, EM FEVEREIRO DE 2022